皇太子妃
劫持事件

〔韩〕金辰明◎著　韩美玲◎译

作家出版社

目录

1

序言

目录

2-3

后记

序言

1895 年 10 月 8 日凌晨，景福宫中发生了什么事情？

日本强盗手按国王的肩膀，摔打王世子，扒光了王妃衣服，最后……

1937 年发生在中国南京的大屠杀更是让人不忍提及，日军奸杀了八万名女性，玩乐一般杀害了包括幼儿在内的三十万中国人，鲜血染红了滔滔江水，尸体堵塞了宽阔的河道。相比日本军人这一惨绝人寰的兽行，纳粹的毒气室杀人虽然同样灭绝人性，手段反倒斯文许多。

然而，日本对于这些灭绝人性的惨案从未正式道歉，或者说不仅没有道歉，甚至还要矢口否认、挖空心思刻意隐瞒。更可怕的是日本现在兴起了歪曲历史的热潮。日本从小学阶段就开始在教科书中教授中国钓鱼岛是日本领土，韩国独岛也是日本领土。对于学生而言，教科书绝对权威，因此，在不久的将来全体日本国民都会怀有一个坚定的信念：钓鱼岛和独岛都是日本领土。其结果将会如何呢？

也许，除了战争恐怕没有其他方法能解决这些问题。的确，日本政府里的右翼势力正在进行战争准备。

我曾经冥思苦想，应该如何阻止日本这种歪曲历史的危险行为和可能由此引发的武力冲突，后来想起了数年前拒绝采用歪曲历史教科书的善良日本民众。我所认识的普通日本国民显然具备了健全的辨识能力，明白日本军国主义曾给他国人民造成严重伤害并为此道歉。

不过，右翼政客彻底掩盖了过去的真相并误导现实，蒙蔽了日本国民的眼睛，使得他们既不知晓南京大屠杀，也不清楚明成皇后遭受凌辱被害事件，故而不能在钓鱼岛和独岛问题上做出正确的判断，导致他们拥护响应日本政府的虚伪主张。

因此，我想只有把过去发生的事情告诉明辨是非的日本民众，让他们看清历史，这样才能在和平的基础上，跟从良心的呼唤来解决所有问题。我坚信只要日本人知晓了真相，他们就会果敢地摒弃虚伪的历史，伸出友谊之手。

我还想将日本帝国主义侵略时期犯下的反人类暴行告诉美国及全世界人民。日本帝国主义在血腥的侵略过程中抢夺了独岛和钓鱼岛，现在却主张独岛和钓鱼岛的领有权，大家应该意识到支持这样的日本右翼政府不仅违背人伦和道义，也是在支持帝国主义侵略。

我之所以大篇幅地修改这部即将在中国推出的书，是因为日本的右倾化已相当严重，不能不让人警惕。目前韩国和中国单独抵御这种错误行为的力量尚显不足，而不了解亚洲历史的美国政府显得很无知，因为某种战略需求明显偏袒日本。

我不仅希望本书在中国出版，在全世界范围内出版，更希望能在日本公开出版。

历史看似是已经发生的过去，实则与现在相

连，更会延伸到未来。所以说，历史是重复的。我想明确地提出警告，倘若我们忽视了今天应该做的重要事情，那我们的子孙很快就会被推向战场。

2013年10月

金辰明于龙头山山脚

歌舞伎剧院

　　唱吧唱吧，鸟儿啊，高声欢唱的鸟儿啊，

　　小心怀抱破洞的地上足袋，笑看裁剪下的青青岁月。

　　岛津的歌声缭绕，优美悦耳，美惠子却伸长脖子关注着楼下。这件事情等了许久，她的心中涌起了隐隐的期待。舞台上演员依旧全身心投入演唱，美惠子有点儿心不在焉，她的注意力在楼下某人身上。楼下最右侧中间的位置坐着两个年轻女子，她俩魂不守舍，似乎对大家都聚精会神欣赏的歌舞伎意兴阑珊。剧场里一片幽暗，楼下的一个女子时不时抬头朝二层仰望。

　　美惠子的眼睛适应了光线暗淡的环境，终于在楼下观众中捕捉到了熟悉的面孔。虽然岁月过去了近二十载，那些遥远的美好回忆似乎还珍藏在心间。那两名女子好像也认出了美惠子，稍稍低下了头。

　　"驹子！澄子！"

　　两个老朋友的名字，美惠子脱口而出。观众们的注意力全放在精彩的演唱上，而这三名女子却你一眼我一眼地互相观察。美惠子不是一个人来的，她带着警卫。美惠子的神情引起警卫的警觉。

"喂，松本。"

"怎么了？"

"你顺着视线所指的方向，往楼下好好看看。"

"我知道，是两个女人。"

"会是谁呢？"

"我怎么会知道？"

"好好观察吧。"

"这不，正瞪大双眼盯着嘛。"

正说着话，警卫突然大吃一惊，只见皇太子妃优雅地从座位上起身，正朝门口走去。

一个警卫身手敏捷地追在皇太子妃身后，冲着对讲机低声快速询问："要去哪里？"

走在皇太子妃身前两三步的随行秘书冲对讲机低声答道："吩咐过警卫绝对不能跟着的。"

"什么意思？"

"这是严令。"

"我是问要去哪里？"

警卫有点气急败坏，说话气呼呼的。

"去休息室，说是去见高中同学。再三叮嘱绝对不要让警卫出现在眼前，来的是两个女人，特意说不要阻拦或是确认身份什么的。"

"是。"虽然回答得毕恭毕敬，但语气里流露出不快。

"又开始了。"

"那又能怎么办？这是唯一的乐趣了。"

女秘书嘀嘀咕咕有些不满，对同事颇为失望。她心想，防卫厅出身的同事只知道警卫的任务，他那冥顽不化的脑袋中压根儿没有"浪漫"二字。反倒是文学硕士毕业的自己能够充分理解皇太子妃的心情，可以感觉到皇太子妃对宫中生活的无比倦怠。

"上次参拜神社的时候也是这样，地方上几个来参观考察的初中老师突然闯了进来，你知道有多吓人吗？我的心都快提到嗓子眼儿了，追过去一看，皇太子妃正和那些死脑袋瓜的老师们高谈阔论呢。"

"这也有可能啊，皇太子妃也是人嘛。"

美惠子是个憧憬真正自由的女人，她在美国哈佛大学留学多年，见识过无拘无束的西方自由，皇室的仪轨与礼节有时憋闷得令她难以承受。

然而，贤明的皇太子妃并没有反抗过繁文缛节的皇室生活，反而找到了一种让自己释放压力的独特方法，那就是在外出的时候不经预先安排突然与普通人进行接触。在历代皇室成员中，再也没有人能像美惠子这样无论身处何地都能与普通人泰然相处的吧。

警卫通过对讲机呼叫盯守剧场外走廊的另一同事。为安全保密考虑，他们暗地里给皇太子妃起的代号是"B1"。

"喂，平田，现在B1去休息室，隐匿行踪暗中保护。还有两个女人跟着进休息室，不要阻拦或询问，那是B1的高中女同学。"

"演出已经结束了吗？"

"没呢。"

这个叫平田的男人听着上司的语气不大客气，赶忙回答道："是。"

在二楼走廊独自负责外围安保工作的平田加入警卫队时间不长，却已经知道皇太子妃与人见面时不喜欢警卫出现在眼前，就按照上司的指示马上藏到柱子后边，等待皇太子妃出来。

没过多久，身材苗条、形象干练的随行秘书出现了。接着，身段优雅、气质非凡的皇太子妃迈着斯斯文文的步子从后边走了出来。

平田看到随行秘书悠纪子的一刹那，精神有些恍惚。世上的男人皆爱皇太子妃的淡然聪敏，而在平田看来，悠纪子却仿佛是天上的太阳一般耀眼。不同于皇太子妃略显丰满的身材，悠纪子有一双修长笔直的腿，配上细细的小蛮腰，还有那与身材完美协调的瓜子脸型，整个人看上去就是一个西方美女。再加上她干脆利落的言行，偶尔投向警卫们清冷淡漠的惊鸿一瞥，让平田感觉魅力无边。

皇太子妃披着一件浅蓝底色、绘有零星黄色银杏树叶花纹的外套，一眼望去就能令人感觉到其清新利落的形象。

皇太子妃与随行秘书朝着柱子的方向走来，平田立刻小心翼翼地抱着柱子转。二人差不多走近柱子的时候，平田听着她们的脚步声蹑手蹑脚地挪动着身子，以免被发现。

不仅是皇太子妃，就连随行秘书也完全没有发觉平田藏在柱子后边，二人走过去，踏上了下楼的台阶。紧挨着一楼楼梯的右侧有个贵宾休息室，名曰"丝柏"。

皇太子妃迈着优雅的步子下了楼。她一走进休息室，平田马上像影子一般悄无声息地滑楼梯似的冲下去，藏到休息室正对面的大柱子后边。紧接着，他看到两个女人打开剧场门走了出来，毫不犹豫地迈步走向休息室。平田想，她俩就是上司提到的皇太子妃的同学吧。

矮个子女人身形优雅，高个子女人却颇为怪异，或许是她太高，太扎眼了。平田尽管只是轻瞟了一眼，也能看得出二人衣着华丽，经过了精心修饰。尤其是高个女人，红裙上华丽丽地缀满了五彩斑斓的宝石。

平田心想，可能她作为一个女人个子太高有些自卑，才装饰那么多珠宝吧。

新任警员平田为了给皇太子妃的"同学"提供方便，觉得自己还是不要露面比较好。于是，他又一次隐身在柱子后边。平田相信男人的真正魅力在于为女性提供细致的服务，而此时此刻他正不遗余力地发挥着自己的真正价值。

皇太子妃在休息室里没有滞留太久，如果说是与多年不见的同学敞开心扉畅谈的话，这时间实在短得离谱。因她是在歌舞伎演出过程中离场的，无论如何都不能停留太长时间。以皇太子妃的品性来说，尊重演员的演出是最起码的礼节，自然要考虑。

与进房间时不同，思虑周全的皇太子妃先让同学离开。她不能自己先走出来，弄得同学跟在后边像是侍女或者随从一般。这一点也是皇太子妃的魅力所在。正如传闻所说，她是一个人文主义者，面对再卑微的人，也毫不吝惜施与人性化的悉心关照。

两个女人还和进去时一样，身体紧贴在一起，亲密地挽着胳膊走了出来。每迈一步，高个女人装饰的宝石就会从多个角度反射出吊灯般的光彩。平田一边藏在柱子后边，一边喜不自胜地想，太好了，一会儿又能见到悠纪子了。

两个检票的中年妇女看到高个女人身上亮闪闪的珠宝就跟丢了魂儿似的，如果那些熠熠生辉的珠宝全是真货，这女人到底是把多少银子穿在身上，走来走去啊。

检票处对面服务台的男职员看着两个衣着华丽的女人消失在歌舞伎剧院的大门处，觉得她们像是另有什么急事。不过，接待员不可能对观看歌舞伎中途离场的每个人都逐一询问事由，于是把目光又转回到刚才看的杂志上。

第二天早上，日本各家晨报步调一致地在头版头条报道了皇太子妃被劫持事件。

昨天晚上，皇太子妃在歌舞伎剧院观看歌舞伎途中，于休息室内与两名高中女同学会面。稍后，两名被认作同学的女人走了出来。又过了一会儿，皇太子妃仍然没有出来，警卫进入休息室查看，皇太子妃消失在了房间里，随行秘书悠纪子和高中同学澄子失去意识昏倒在休息室中。警方正在确认澄子的身份。

人们的胃口被吊起来，各种快讯纷至沓来。

澄子称自己是皇太子妃的高中同学，而警方调查的结果证实其所说属实。澄子说自己高中时与皇太子妃关系亲密，毕业近二十年后收到了另一个同学驹子寄来的一封信。信中说已经约好去看歌舞伎演出，在岛津的演唱结束后于一楼休息室内与皇太子妃见面，所以干脆就约定在剧院的指定席上见面。驹子还提前买好演出票寄过来。

澄子在警方报纸上陈述，演出开始后驹子才摸黑入场，二人没能交谈。岛津刚开始演唱，驹子就快步走向休息室，剧场门到休息室的距离短到不足百步，这期间二人匆匆忙忙，自己和驹子没有交谈过。

警方确认实际上确有一个名为驹子的高中同学，且其正处于控制中。

各家报社都推出了号外来报道侦查快讯。

警方在同学驹子家中将其逮捕，正在进行询问。警方一位侦查负责人公布了驹子有不在场的证明，得出其并非罪犯的结论。澄子也承认原本就是多年不见，加上驹子是学生时代个子最高的同学，所以当天想当然地把劫持犯当成了同学驹子。

警方没有公布有关罪犯逃逸的明确信息，各家报社纷纷提出质疑。

伪装成同学驹子的罪犯是在哪里消失的呢？警方在事件发生后立刻展开了特级紧急盘查，却没能逮捕罪犯。据推测，劫持皇太子妃的罪犯可能利用了一条巧妙的路线。警方在东京一带抓捕罪犯失败后，随即将紧急盘查范围扩展到全国。

《日本周刊》等杂志则另辟蹊径，以极富夸张和想象的报道来煽情。

绝世女性罪犯诞生。大家都在关注这个甩开所有警卫、劫持皇太子妃的独身女人究竟是何方神圣。这个女人劫持皇太子妃的目的何在？也许她是钦慕皇太子妃的无数女同性恋中的一个，曾经有传闻说钦慕皇太子妃的人群中女性数量也很多。

皇太子妃劫持事件的新闻从早到晚都笼罩着日本列岛。不，不单是日本列岛，这件事震惊了全世界。各国元首和媒体自不必说，FBI和CIA等情报机构也竖起了触角，密切关注着事态发展。

皇室的尊严

听到劫持犯停车的声音，被关进汽车后备厢里的皇太子妃打起了精神，凭感觉估计这个地方距离东京相当远。后备厢打开的瞬间，皇太子妃抬起腕表看了看时间，早上七点，汽车行驶超过了十小时。

这距离东京十多个小时车程的地方到底是哪里？劫持犯究竟是谁，出于什么目的劫持我？

皇太子妃忆起头一天晚上罪犯像对付一件物品那样把自己推进后备厢。为了不在狭窄的后备厢里撞伤身体，她需要用双手护住鼻梁，并把头完全低下。

身为一国皇太子妃，这真是件斯文扫地的事情，而比这更加羞耻的是，罪犯把她蜷缩着塞进后备厢的时候，裙子翻卷了起来，能看到膝盖以上的大腿。不过，幸运的是虽然露出了雪白的皮肤，对方的视线当时正看着别处。

皇太子妃在后备厢里思绪万千。在后备厢被打开的一刻，她只想到了要维持皇室的尊严。她认为此时此刻能够维护皇室尊严的方法就是不向罪犯提任何要求，仅以沉默来应对。

这种情况下，可能任何话语在罪犯听来都不啻哀求。自己作为皇太子妃，怎么能对任何人，尤其是面对劫持自己的罪犯开口求饶呢？这简直是一种难以忍受的耻辱。

后备厢打开后，皇太子妃想直起身子，腿却使不上劲，只能感觉到酸麻以后的痛感，怎么也站不起来。皇太子妃想到自己狼狈的模样，命运如同一只虫子般悲惨，恨不得咬舌自尽。

文弱却要强的皇太子妃不想在罪犯面前示弱，她要保持冷静和优雅，否则就会有损皇室尊严。皇太子妃马上伸手抓住了车身，可是胳膊同样使不上力气。

皇太子妃放弃想站起来的努力，双手遮住脸。清晨的阳光太过灿烂，照到脸上几乎睁不开眼睛。突然，皇太子妃的眼眸中闪现出罪犯的模样。刹那之间，罪犯的目光好像快速地从皇太子妃的小腿扫到大腿内侧，再瞄向因为侧卧而曲线毕露的臀部。皇太子妃深感羞耻，幸好罪犯的目光似乎是无心的。

罪犯看到皇太子妃一个人站不起来，就伸出手，一只不带任何感情色彩的手。但是，皇太子妃拒绝了罪犯的手。于是，罪犯直接把自己的双手放到皇太子妃的腰下，像抱小孩一样轻轻松松地把皇太子妃从后备厢里挪到了外边。

皇太子妃的两条腿麻得厉害，罪犯将她放到地上时，她的身体摇摇晃晃像要摔倒。罪犯想了想，又抱起皇太子妃迈步朝房子走去。

罪犯不是肌肉男，但举着皇太子妃走路毫不费劲。罪犯进入的房间铺着榻榻米，还摆着一张床。罪犯把皇太子妃平放到床上。

"啊……"

皇太子妃口中下意识地发出了呻吟的声音。别别扭扭地蜷缩了十多个小时，一躺到柔软的床上舒展开身子，仿佛立刻被吸进了无边的深渊之中。

过了一会儿，罪犯扫视房间一圈后走了出去。

听到"咣当"的落锁声，皇太子妃的眼泪似乎要喷涌而出。一想到被人看见眼泪就意味着对罪犯认输，她又勉强忍住了泪水。皇太子妃咬紧牙关，无论发生什么事情，都要维护女人的自尊和皇室的尊严。

眼前晃动着丈夫皇太子和天皇忧心忡忡的表情，还有自己父母的脸庞，皇太子妃下定了决心，我不会做那人指使或者期望的任何事情。

精明刑警田中

警视厅门前记者排起了长队，突然一阵喧哗。

"田中警视正来了!"

"是田中!"

"他总算来了!"

有人大声呼喊起来，喧哗声顿时演变为采访大赛。记者们把一个男人团团围住，照相机的闪光灯频频闪动。

"您这是从美国回来的吗?"

"请问您是什么时候知晓皇太子妃劫持事件的？关于罪犯，您有猜测了吗?"

"您会加入侦查组吗?"

然而，这个名叫田中的男人没有回答任何问题，只是镇静地向大门走去。他的眼神很清澈，给人以温柔的印象，但紧闭的双唇和格外浓黑的眉毛则表露出这是一个意志坚定的人物。

钻不进熙熙攘攘的日本记者队伍、被挤到一边的外媒记者一脸惊讶地望着这一场景。

"那个人到底是谁啊?"

"谁知道呢，我也正好奇。"

一位资深特派员在一旁听到这话，替他们做了解答。

"田中正男，日本第一精明的刑警，曾经长期占据东京大学法学院首席才子之位，却被侦查的乐趣所吸引投身警界。也有人说是因为妹妹被怪人杀害，案子破不了，他才自己跑去当警探破案的。关于他的传闻很多，但不管怎么说，他无疑是日本第一警探，估计到目前为止还没有他破不了的案子。"

"太了不起了，难怪记者们蜂拥而至。"

"总归是案子，记者们当然要围着他转了，可能警视总监也不能望其项背吧。"

田中原本受 FBI 之邀去了美国，现在因皇太子妃劫持事件火速回国，他迈着大步走向侦查部长的房间。一名等候在大门口的年轻刑警迅速跟上，开口说道："我是小森，今后将跟随您参与侦查。"

"哦？那先把有关这个案子的所有报告和新闻报道一份不漏地全拿到我的桌子上。"

"是。"

小森行过注目礼，动作迅速地转身离开，可是还没走上一两步，他又转过身，有些羞怯地说道："能跟随警视正先生，我从个人角度感到非常光荣，这一定会成为我今后的警探生涯中无法忘却的回忆。"

"好了，努力工作吧。"

田中露出微笑，又伸出手。小森慌了神儿，受宠若惊地双手握住田中伸过来的手。

田中面带笑容地送走小森，然后来到侦查部长的房间。

"部长。"

"啊，田中！"

侦查部长扔下正在看的报告，不由自主地一下子站起来，给了田中一个拥抱。案发后一直愁眉不展的侦查部长脸上突然有了生气。田中看到经历过无数大风大浪眉头都不皱一下的侦查部长竟然发愁到了这般田地，凭直觉判断，初步侦查过程中没找到任何线索。

"来，坐下，坐。"

侦查部长把自己的椅子让给田中，自己坐到旁边。

"部长，您别这样，还是和平时一样吧。"

"不行，在这个案子侦破前，你都是我的上司。"

尽管田中百般推辞，侦查部长还是亲自准备了咖啡。不支使女秘书去做这些事情，正是圆滑的部长摆出的一种平易近人的姿态。

"来，拿着。"

田中觉得侦查部长给自己施加了沉重的压力，不过一想到案子的性质也就释然了。他略去了无用的谦让与客套，直截了当地切入到案件当中。

"部长，到底是怎么回事？"

"警卫队犯了致命的失误，那些家伙借口说皇太子妃怎样怎样，但这说不过去嘛。就算皇太子妃吩咐警卫不要在眼前出现以免妨碍自己与同学会面，怎么会有那种躲在柱子后边转圈圈的警卫呢？真是群笨蛋！"

侦查部长的不满之情溢于言表。

田中点了点头，完全想象得到发生了什么事情。警卫队中某人心软地按照美惠子的喜好来开展警卫工作，结果出事了。

美惠子在成为皇太子妃之前，是田中大学时的师妹。在田中的记忆中，美惠子曾一边徜徉在东京大学的湖畔，一边直抒未来的梦想，也曾满腔热忱地讨论日本的未来直至深夜，她那时的模样——呈现在田中的脑海中。美惠子从大学时起就不喜欢拘束，她配得上自由二字，田中完全可以想象警卫队遇到过的为难之处。

"人一旦出了事，即使平时都是赞美之声，这时候也会被批得体无完肤。部长平常不也称赞警卫队是无声的影子护卫吗？"

侦查部长可能有所触动，一时间没有说话，随后把话题转到了悬而未决的案子上。

"不管怎么说，你马上就要加入侦查组了，看样子案子一破总监就会辞职。不过，如果侦查工作不力，也许会被立刻免职。"

"我知道了。"

这时，电话铃声响了起来。侦查部长握着话筒说了一会儿，然后举着话筒问田中："是总监室，问需要多长时间，记者们好像追问不休，内阁那边也需要回个话儿。"

田中本能地摇了摇头。

"这件事谁也无法预测，罪犯竟然能劫持有十名贴身警卫的皇太子妃。"

侦查部长默默地点了点头，正如田中所说，罪犯绝非碌碌之辈。侦查部长说了句"我们把报告给您送去"，然后挂断电话，站起身来。

"你和我一起去见总监吧。"

侦查部长连忙套上西装上衣，走出办公室。田中望着平日无比沉着的侦查部长如今惊慌失措的样子，摇了摇头跟在后边。

二人来到警视总监室，麦克风马上递到了田中的面前。原来，总监室已经完全被记者们占领了。

"请问您找到线索了吗？"

"我刚刚到，还没有看过侦查记录。"

田中用低沉的嗓音斯斯文文地控制住记者们，向总监走去。总监一看到田中，原本板着的万年冰山脸仿佛浮现了一缕春的气息。

"快过来，田中。"

田中没有说话，只是低头问候。

总监让侦查部长和田中陪同在现场，开始了新闻发布会。

"请问驹子的身份已经确认了吗？"

"是的，已得到确认。"

"请问驹子真的是皇太子妃的同学吗？"

"是的，已经确认驹子是皇太子妃的高中同学。高中毕业后很长时间都没有联络过，但她和皇太子妃，还有澄子的确是高中时的同班同学。"

"那驹子是罪犯吗？"

"不是，罪犯只是冒充驹子。"

"罪犯和驹子是什么关系？"

"根据目前的侦查，驹子与涉案女子没有任何关系，驹子不知道罪犯是什么人。罪犯研究过皇太子妃的很多事情，似乎不仅了解皇太子妃的品性，对皇太子妃的高中时代也了如指掌。"

"您的意思是说罪犯在犯罪过程中利用了皇太子妃高中同学这层关系吗？"

"是的。罪犯假扮成高中同学驹子，给皇太子妃寄了一封信倾诉不满，说与澄子曾经几次试图去见皇太子妃，但由于安保异常严密无法相见。皇太子妃可能就此回信约定在歌舞伎剧院见面。"

"这么说罪犯敏锐地把握住了皇太子妃的心理？是否对方说因为警卫的原因无法相见，皇太子妃心中难受，伺机甩开警卫，最后导致被绑架?"

"是的。罪犯非常了解皇太子妃的品性和心理。"

"请问对于罪犯还有什么发现吗?"

总监沉默了一会儿,然后用沉重的声音回答道:"我们正在继续调查。"

"请问皇太子妃现在安全吗?"

"……"

总监的脸色难看得要死。作为治安统帅,皇太子妃落在身份不明的劫持犯手中,自己却连皇太子妃现在处于什么状态都不清楚,这实在是太说不过去了。

"总监,您这不是开国际玩笑吗?究竟世界上哪个国家会发生这种事情呢?日本丢了这么大的人,您还打算安安稳稳地坐在这个位子上吗?"

低沉嗓音的主人是右翼舆论代表《产经新闻》的元老级记者黑田。黑田锐利的目光掠过粗粗的眼镜框,停留在总监的脸上。

"嗯……"

总监用低低的支支吾吾声代替了回答。

"总监,请您快些作答,什么时候才能找出罪犯?"

黑田发出怒火般的呵斥声。

"……"

"作为总监,难道闭紧了嘴就行吗?不应该对国民说些负责任的话吗?"

黑田继续向总监开炮。

"……"

"身为警方统帅,难道不应该承担警卫疏忽之责立刻辞职吗?"

总监勉强舒展开由于愤怒和痛苦而狰狞的面孔,坚定而有力地说道："本人深知责任重大，对天皇陛下和皇太子妃殿下以及全体国民的愧疚之心无以言表。我已做好辞职的思想准备，不过，我认为破案是第一位的。今天的新闻发布会到此结束，今后的侦查进展工作将由侦查部长负责召开通气会。谢谢！"

总监用嘶哑的嗓音匆忙结束了新闻发布会。

"万一找不到皇太子妃，你不仅会被免职，还要被追究刑事责任。不单单是总监，所有的警察干部都要大换血！"

黑田赤裸裸的威胁声飞荡在垂着头的总监上空，一时间，摄影记者们的照相机闪光灯此起彼伏。

"竟然有这么嚣张的家伙。"

侦查部长的口中隐隐约约说出几个字。不只是侦查部长，在场的所有警察都顶着一张张大红脸克制着愤怒。然而，现实情况的确是侦查没有任何发现，谁也没有办法站出来反驳。

记者们走光了，总监好不容易控制住愤怒的情绪，握住了田中的手。

"田中，你亲眼看到亲耳听到了吧？这个案子关系到日本警方的生死啊。"

"……"

尽管没有开口回答，田中的内心深处已经燃起了熊熊火焰，他身上不仅背负着日本警方的荣誉和责任，还预示着要同导演了惊天大案的劫持犯斗智斗勇。田中心想，也许自己正是为了与这种人较量才投身警界的。从这一点来说，罪犯的存在是田中人生的重大意义之一。

胆大缜密的对手

加入侦查组后，田中先是浏览了之前的侦查记录，随即前往案发现场歌舞伎剧院。在听取有关人士的陈述之前，他要先了解现场的结构布局。

按照侦查组的要求，歌舞伎剧院无限期暂停演出。田中走进歌舞伎剧院的中央大门处，顿时大吃一惊，他简直不敢相信自己的眼睛。

他实在想象不出，在结构如此简单的建筑物里竟然能神不知鬼不觉地劫持皇太子妃。即便是劫持一个普通人，恐怕也不容易。

"这群傻瓜！"

田中身旁的小森气愤地脱口而出："这不是傻瓜一样的警卫队吗？警视正先生，皇太子妃竟然在这种地方被劫持了，这像话吗？"

不仅是小森抱着这样的想法，换作任何人都无法理解怎么会有人在这种地方遭遇劫持。走进歌舞伎剧院的中央大门，旁边紧挨着是服务台，沿着相隔几步的台阶上去，右边是两名检票员，左边有一个兼卖纪念品的接待员。

"这些笨蛋！"

小森口中再次蹦出了气话。一层的观众进出需要通过五六扇门，而且所有进出的观众全都会近距离暴露在服务台职员等四人眼前。可罪犯确实在这么多双眼睛的注视下逃走了，没有任何人对罪犯起丝毫疑心。

"呵，是让光彩夺目的珠宝吸引了视线吧？"

随着时间流逝，田中慢慢去感知对方的真实意图，这并非不能揣摩，因对方的胆大妄为超乎想象。或许，已经不是胆大的缘故，罪犯把他人无法想象的不可能变成了可能。

"罪犯真是个女人吗？用女性的身躯策划了如此大胆的罪案？"

田中咬紧了牙关，暗暗地想。

"当时，皇太子妃殿下正在二层贵宾席观看演出。"担任皇太子妃的警卫山田垂头丧气地说。他已经被解职，并遭到拘留，田中传唤他来接受质询。

田中默默地上了二层，坐到贵宾席上。这件事匪夷所思，让人越想越无语。

"皇太子妃怎么可能在这种地方遭人劫持？"

田中在大脑中描绘出连续的画面。对方非但研究了罪案现场，还勾勒出一幅非常立体的图画，然后将所有人引入这幅画中。

"警视正先生，有没有可能是和警卫中的什么人相互勾结作案呢？警卫中会不会有人和罪犯私通呢？"

"嗯，如果是这样，那私通的警卫图谋什么呢？"

"不是金钱吗？"

田中摇了摇头，这不是一起谋财案。贪图钱财的劫持会秘密进行，避免成为新闻。

"劫持对象是全日本最难以劫持的皇室成员，一举一动都会被媒体报道。这种犯罪绝不是为了钱。"

"那就能得出警卫中没有人参与犯罪的结论了吗?"

"也许吧。"

田中身体前倾向楼下那两个女人的座位望去。皇太子妃在演出过程中发现澄子和驹子到了一层,就按照约定走了出去。田中想起了澄子的陈述书。

"驹子对我说,已经约好在岛津的演唱结束后,到一层的休息室和皇太子妃见面。"

田中又想起了警卫的陈述。

"随行秘书悠纪子说,皇太子妃殿下严命警卫绝对不可以在眼前出现。演出过程中也是因为担心警卫跟随殿下而行太明显,就用对讲机指示了外边的警卫。"

田中从二层下来,打开了紧挨楼梯的"丝柏"休息室的房门。空荡荡的房间里,只有椅子排列在一旁。

这个休息室还真是罪犯实施犯罪的绝佳之地,人们会在演出间隙的休息时间,买上一杯咖啡来这里喝,有时歌舞伎剧院的职员也会在这里出售纪念品。

重要的是,歌舞伎剧院的职员不会一直守在这里,特别是演出时只带上门却不上锁。歌舞伎剧院的室内装潢有些特别,休息室房门的外侧贴着跟墙壁一样的壁纸,倘若没有看到门牌字"丝柏",很难分辨出门与墙。

"这是个很有想法的可怕人物呢。"

田中试着推测这里曾经发生的场景。

"虽说室内都是些女人,一个人怎么能轻松地制服三个人呢?"

田中想起了独自一人强奸了十二名女性的冈山。冈山侵入女护士集体宿舍,让十二个女人全部面朝墙跪下,然后再一个一个叫出来强奸杀害。每叫一个人,剩下的女人都吓得瑟瑟发抖,无人反抗。一个女人被强奸的时候，其余跪着的女人中哪怕有一个人站起来反抗，罪犯也会被其他女人收拾了。

这起案件深刻反映了人类的心理，当陷入莫大恐惧的一刻，人们会固执得不可理喻，但这次的案子……田中继续展开推理，可能皇太子妃接受过培训不可轻举妄动，能够反抗的女人只有两名。

"真是太荒唐了。"身后又传来了小森愤愤不平的声音。

"一个人制服了三个人，都没有人察觉，这些家伙还能叫警卫吗？何况罪犯还是个女人来着。"

田中摇了摇头。小森见田中只是晃头，不知道自己说对了还是说错了，他能感觉和刚到歌舞伎剧院时不同，田中的脸色沉重了许多。

的确，只看罪案现场就能把罪犯揪出来的日本第一机智刑警田中分明就是有些慌乱，那份曾经仅凭案发现场也能立刻找到线索的自信心不断受挫。

田中重上二楼，坐在贵宾席上，向楼下反复看了几十次。

罪犯把现场的所有人和所有情况全都收入了自己描绘的画面中，这幅画中的时间和空间全由罪犯创造，任何人也无法违抗罪犯的意志，甚至无法察觉。

田中清点起出现在案发现场的人，罪犯骗过皇太子妃和澄子的眼睛，甩开警卫，在歌舞伎剧院大门口职员的面前悠然自得地开溜。罪犯简直就是穿着隐身衣，对所有人都视而不见。

田中又从座位上站起来，走向一层的丝柏休息室。不过是一段用不了二十秒，不足五十步的距离。如此短暂的时间，罪犯似乎根本不把警卫放在眼中，泰然自若地肆意上演了一出惊天劫持大案，这份冷静沉着让田中不由得心生感慨。

田中重复了几次，坐到丝柏休息室的椅子上，然后又迈步走向皇太子妃曾经就座的二层贵宾席，但还是找不到任何线索。

"这些添乱的家伙！"

又传来了小森的声音。不知什么时候，他的手中多了一份街头出售的晚报，报纸上用醒目的大字写着标题《警卫被拘留》。

警视厅将警卫负责人以及在案发现场的警卫员全部拘留了。在日本，警方负责皇室的警卫工作，警卫同为警视厅的工作人员，同僚遭此厄运，他们自然同情。面对滚滚而来的舆论声讨，拘留同事实属无奈之举。

小森又激动地说道："外边那些家伙又在干吗呢？至少得有一个人好好盯守吧？"

然而，田中却摇了摇头。

"即使有警卫，不能立刻认出皇太子妃也没用。我看过随行秘书的陈述书，罪犯让她为皇太子妃化了浓妆，谁能想到皇太子妃会被乔装成那样呢？剧院职员和警卫一无所知，罪犯出来以后则坐上接应的车扬长而去。"

小森点头。

"这么说来，这起案件中一定有事先开车接应的共犯。不过，所有监控都没有捕捉到车或者共犯，摄像头中只有冒充驹子的罪犯和澄子分别进场的背影，以及驹子和乔装后的皇太子妃出来的场景片段。"

田中来到外边，一圈圈绕着歌舞伎剧院走，观察建筑物的外部结构。歌舞伎剧院被长长的院墙包围其中，其中有几扇小门，像是通向化妆间或者后台。若是一般的劫持犯，可能会利用这些小门，可是，这起案件中罪犯却选择了走大门。田中越观察建筑构造，越是不得不感叹罪犯的胆大，竟然能堂而皇之当着警卫和剧场职员的面带走皇太子妃。

从正面看过去，建筑物的左边有几个简易饭馆之类的小店。田中观察着建筑物右边胡同里的道路，这条侧道只有一个方向可以停车，很多车停在这里。

"原来是在这里左转弯了！"

听到田中的自言自语，小森小心翼翼地问道："您……您想到什么了吗？"

"共犯是把车开到这里接应的，从剧场出来走不了几步就进了这个胡同。"

"胡同里看着相当昏暗呢。"

"从这个胡同出来，在剧场前右转弯的话会被监控拍下来，更重要的相当于把车送到了剧场对面的警卫眼皮子底下。"

"走出剧院让皇太子妃坐上车，再到左转弯，只需要短短几秒钟。不过，从这儿左转的话罪犯们朝哪个方向跑了呢？"

"嗯……"

田中思忖片刻指示小森："小森君，去查查案发当日全国的盘查情况。"

"已经查过了，盘查中没有什么特别的。"

"你不知道我们的任务正是要找到特别之处吗？"

小森感到自己的回答过于轻率，歉意地说："是，警视正先生，对不起！"

小森回到警视厅，马上开始在电脑中检索案发当日夜间全国的盘查情况。警方的电脑中无一遗漏地记录了全部盘查情况，不仅没有发现皇太子妃所乘车辆的记录，就连发现可疑车辆的盘查记录也没有。

只有数十份缉获通缉犯和百余份查扣酒后驾车者的记录。从这些记录来看，盘查一定异常严苛。小森把屏幕上显示出的盘查记录打印出来仔细查看。

小森又查了一次缉获的通缉犯前科，然后给发出通缉令的警局打电话，确认他是否有劫持等前科，却一无所获。小森将盘查日志呈到了田中的桌上。

田中感觉警视厅工作人员正在自乱阵脚，罪犯的真实身份扑朔迷离，舆论开始抨击警方，这预示着警方内部将有一场腥风血雨。侦查部长站出来检讨，认为不仅是警卫，紧急盘查等方面可能都存在问题。没有办法，舆论的谴责铺天盖地而来，压力实在是太大了。

田中对侦查部长说道："现在的情形，就好像是法国大革命后，罗伯斯庇尔把曾经在身边共过事的人随心所欲地推上断头台。"

"这个……是什么意思？"

"请不要让事态演变为轩然大波。现在所有的警察人人自危，不仅是一线执勤者担心罪犯有没有藏身或者经过自己的辖区，就连辖区的警察局局长也全都战战兢兢。倘若警方内部弥漫着这种气氛，对侦查没有好处。"

"话虽如此……"

"罪犯不是一个能在盘查中落网的人物。"

田中叼着烟，又描绘了一次图画，这幅画已经画了几十遍。罪犯将丝柏休息室这样一个绝妙的空间完全收归己用，甩开所有的警卫，只留下三名女性，就在那里为皇太子妃做了彻底的乔装改扮，任何人都认不出皇太子妃。罪犯自己身穿能够一下子吸引所有人眼球的华丽服装，再用珠宝装饰，将人们的视线集中在自己身上，自然就忽视了乔装改扮的皇太子妃。案子拖得越长，田中越觉得这个劫持犯超越了自己曾经面对过的所有罪犯。

超凡的推理

田中和第一个询问对象悠纪子面对面坐下。

"你见过这些信吗?"

悠纪子默默地点了点头,这其中还有自己亲手转交给皇太子妃的信件。

"你看过信中的内容吗?"

悠纪子摇了摇头。

"皇太子妃殿下看了这些信有什么反应?"

"这个没办法知道,私人书信殿下是独自看的。"

"原来如此。不过,如果连续与同一个人书信往来的话,看表情是不是可以类推出信件内容呢?比如说开心的信,或者拜托什么事情的信之类。"

"殿下收到这个叫驹子的女人的来信时挺高兴的。我记得殿下的表情像是在回想什么,似乎想起了什么美好的回忆。"

"皇太子妃殿下看过信后,有没有指示或者询问过什么?"

"没有,只是询问了前往歌舞伎剧院的日期。"

"哦,悠纪子小姐曾经讲过,当天在案发现场,您和皇太子妃一起在休息室里刚刚坐下，两个女人就走了进来。其中一个女人一进来立刻从后边拽住另一个女人，也就是澄子，她用麻醉手帕堵住了澄子的口鼻，对吗？"

"是的。"

"澄子马上就倒下去了吗？"

"是的。"

"澄子被麻醉时没有抵抗吗？"

"动作实在太快了，澄子没来得及反抗。"

"那悠纪子小姐为什么没有喊叫呢？"

"罪犯在麻倒澄子的同时，掏出了一把非常锋利的刀架到皇太子妃殿下的脖子上，那气势就像哪怕发出喘气声也会割下去。"

"这么说所有这些动作都是同时完成的？"

"是的。"

"我明白了，然后怎么样了呢？"

"罪犯把提前准备的化妆品给我，然后轮流指着自己和殿下的面部，做出拍打脸庞的手势，让我给殿下化一个和她自己一样的浓妆。"

"你照着做了吗？"

悠纪子点了点头。

"后来呢？"

"她指着澄子的外套，打手势让我给殿下穿上。"

"皇太子妃穿上了那件外套？"

"我为殿下穿上的。尽管殿下还维持着高贵端庄，但其实挺害怕的，我也一样。罪犯身上散发着一种奇怪的气息，化了浓妆的脸上像是有一股鬼气。比起反抗，我觉得拖延时间更好些。"

田中点了点头，问道："然后呢？"

"罪犯打手势让我和皇太子妃殿下向后转。刚开始我有点迟疑，犹犹豫豫地一转身立刻被罪犯用麻醉手帕扣住了口鼻，然后就失去了意识，直到警卫把我弄醒。"

"好，悠纪子小姐，好好回想下当时的情形。我是说假设，你有没有感觉罪犯是个男人？"

悠纪子慌了神儿，陷入回忆之中。罪犯确实强悍，可又有一种奇怪的感觉。悠纪子记起了那个浓妆女子控制住自己和皇太子妃时迸发出的力量，再和田中的问题联系在一起，顿时起了一身的鸡皮疙瘩。

"啊，说不定罪犯真是个男人。"

"为什么呢？"

"那种鬼气，可能是因为当时我以为他是个女人才感觉有鬼气的，就是男人装扮成女人时那种陌生诡谲的感觉。对，应该就是个男人，我能从罪犯身上感觉到一种让人无法抵抗的强大力量，好像是男人的力量。"

"那为什么到现在为止，你从来没有怀疑过罪犯是男人呢？"

"可能是被他的华丽装扮和珠光宝气迷惑了吧，想当然地以为是个女人。女人天生对这些东西很敏感。"

"请再好好回忆一下，有没有其他能够把罪犯认作男人的特征？"

悠纪子想了一会儿，说道："罪犯让我给皇太子妃殿下化浓妆的时候，手上蘸满了化妆品做出涂抹的样子。可是，这个动作并不像经常化妆的女人那么自然。我没有一下子明白他的意思，他就重复做了几次这个生疏的动作。"

"你是说明明讲话既方便又明确，他偏偏打手势别别扭扭地吩咐你做这些？"

"是的。"

"你有没有考虑过为什么会这样呢?"

"什么? 是说为什么不说话吗?"

"对罪犯来说,总会有些不能开口讲话的理由吧?"

悠纪子觉得这位警探十分机敏,也感觉他在责备自己怎么连这些都没有想到。尽管田中的语气斯文谦和,但正如传闻所说,他有一种能压制住对方的气场。

"我没有特别考虑过……"

"这难道不是因为脸可以变成女人,声音却变不了的缘故吗?"

"啊!"

"所以,他尽量不说话,或是少说话,目的是不暴露嗓音。"

现在,悠纪子确信罪犯是个男人了。但是田中还在继续追问:"还记得罪犯的手吗? 男人和女人的手不是有很大区别吗?"

"是的,罪犯的手非常大,看上去就是男人的手。而且,他浑身上下珠光宝气却没有戴戒指,假如是女人,戒指是最起码的。"

田中这才露出满意的表情,点了点头。

"谢谢你,你提供了非常重要的证言。如果想起了其他有助于侦查的事情,请立刻联系我。"

田中递上名片,悠纪子起身离座接过名片,她对田中从自己身上发现罪犯是男人的推理能力大感惊奇。田中亲切地把悠纪子送到大门口。

不祥之兆

"你说罪犯是个男人?"

透过监视器注视着询问室的侦查部长追到大门口去确认。

"千真万确。"

"那就是男扮女装了?"

田中默默地点了点头。

"对啊,这不是女人能完成的案子。"

"所以,请您尽快和记者们开个通气会,制止那些说成是同性恋或者精神错乱者的无端推测报道。"

"不过,田中,你有把握吗? 可以告诉媒体吗?"

田中默默地点了点头,侦查部长此时才露出欣慰的微笑,也是案发后第一次在脸上表现出满意。他接着问道:"你有什么感觉? 对方可能是什么人? 皇太子妃现在情况怎么样?"

"现在还一无所知。罪犯什么性格,犯罪动机是什么,都完全不知道。"

"罪犯有没有杀害皇太子妃的想法呢?"

"还不清楚,但从作案的计划性来看,不像有杀人的想法。

倘若以杀人为目的，那在现场最容易下手。"

"这样啊，如果目标是杀人就没必要搞什么复杂的劫持了。有没有精神不正常的人作案的可能呢？"

"完全没有这种可能。对方彻底控制住了随行秘书和皇太子妃，不要说精神不正常了，恰恰相反，这个人心志极其坚韧。"

"嗯……"

侦查部长看到自己无比信任的田中提到罪犯一脸警惕，不由得打了个冷战。不过，他马上又找回了希望，的确调查一名随行秘书的收获是有限的。目前的形势下，只要公布罪犯系男性这一条，就无异于久旱逢甘霖。侦查部长马上向上级汇报这一线索，召开了新闻通气会。

"您是说罪犯男扮女装吗？"

"是的。"

"您有什么根据认为罪犯是男性呢？"

"女人不可能犯下这种滔天罪行。"

"凭这种理由判定罪犯是男性，太草率了吧？"

"见过罪犯的人，也就是随行秘书和澄子都确认了。"

"如果是这样，那之前为什么不曾有过这种说法呢？"

侦查部长理屈词穷，苦思过后觉得还是干脆实话实说好一些。

"田中警视正刚刚发现了这一点。"

记者们纷纷点头。

"听起来没有田中就束手无策了，田中警视正还有什么发现吗？"

"暂时没有。不过，随着对相关人士依次展开调查，会逐渐发现线索的。有了新的发现，我们将马上召开新闻通气会。"

尽管这场新闻通气会内容寥寥，记者们还是掏出手机或者笔记本，忙着向总部发稿。这可是案件发生后首次有了侦查成果。

但是，通气会结束后回到自己房间，侦查部长冷静下来，心情却沉重起来。田中说罪犯是精神错乱者的可能性不存在，而在侦查部长暗自期待的"剧本"中，却是钦慕皇太子妃的精神错乱者作案。如果是这种人，很快就会因为这样那样的原因暴露行踪，运气好的话，也有可能在向皇太子妃告白后，主动把皇太子妃送回东宫。其实，很多人都期盼着这样一个剧本，这也是媒体报道过的可能性最大的剧本。然而，田中的一句话就让这种最理想的构思化为泡影。

侦查部长把田中叫到自己房间，焦躁不安地问了起来："罪犯现在在哪儿呢？他会把皇太子妃关在哪儿呢？"

田中摇了摇头，没有回答。

"全国范围内进行紧急盘查，防卫厅甚至把军事卫星也投入侦查了，怎么就找不到一点踪迹呢？"

"这个人心思缜密，行动果断又周详，不会轻易被抓获的。否则，他能制订出从狭小的歌舞伎剧院绑架一国皇太子妃的计划吗？罪犯把想着都头疼的不可能之事变成了可能，躲避开警方盘查之类的事情，于他而言是小菜一碟。可能，他也经过了成百上千次的纸上练兵。"

侦查部长不由自主地点头。

"可能就是这样。我们翻遍歌舞伎剧院周围所有停车监控的摄像头，细致查访泊车相关工作人员，却抓不住一丝一毫的证据。万一对方碰巧是一个如此大胆又有计划的家伙就非常不幸了，是极端不祥的征兆。"

蛛丝马迹

作为女人来说，驹子个子高得离谱。最初她很害怕，但深更半夜地被带到侦查总部反复接受调查，终于不耐烦起来。驹子表示，她和盗用自己名字的罪犯毫无关联。警探的强硬态度有所好转，但警方并没有放她回去。

"到底还要我说什么呢？"

"既然罪犯没有留下任何线索，唯一的推测就是他认识你。所以，先在你认识的人中调查可疑者，谁有可能做出这种事情，是找出罪犯最容易、最快捷的方法。拜托你稳定情绪，好好再想一想。"

对于在保险公司负责员工培训的驹子来说，完全不认识会惹出这种大麻烦的人，公司的同事都是极其平凡的人而已。

"还要我说几次？我发誓没有给皇太子妃写过那样的信，也不认识能做出这种事情的人。您明白吗？"

"可是，明明是用你的名字给皇太子妃寄了两封信。"

"这不就是有人盗用了我的名字吗？到底要我说几次你们才会明白？你们都是聋子吗？"

如今心力交瘁的驹子冷嘲热讽地向警探发难了。对驹子来说，皇太子妃殿下是自己的高中同学，自己也想全力协助调查，但是在一无所知的情况下反反复复对着同一个问题回答数十次，她已经筋疲力尽了。

　　临近傍晚的时候，一位之前没见过的警探坐到了驹子面前。

　　"驹子女士，不介意的话我们换个地方好吗？"

　　"换个地方就能知道本来不知道的事情吗？到底要挪到哪里？"

　　"先吃个饭怎么样？已经到晚上了，就去夫人喜欢的饭店吧。"

　　此时，驹子觉得没有比离开这间令人讨厌的询问室更愉快的事情了。

　　"好吧，不过我喜欢的饭店比较远，在附近的饭店更方便些。"

　　"不，这段时间辛苦您了，就当是调整心情吧。"

　　驹子觉得这个名叫田中的刑警能让人放松下来，最重要的是他不像其他警探那么火急火燎的。胡须剃得非常干净的脸庞，整洁熨帖的西装，白领衬衫，与其说他是警探，倒更像是个前程锦绣的企业家。

　　田中把驹子请到了自己的车上。

　　"在警视厅的询问室里，我就像一只需要反反复复说相同话的鹦鹉。"

　　驹子坐进车里，一边斜眼迅速扫过田中的面庞，一边话中带刺地说道。

　　"对不起。"田中低下了头，像是自己做错了事一般。

　　"其实我能理解，皇太子妃殿下被劫持，所有人都焦头烂额，听说警视总监都要下课了呢。"

　　"如果能尽快抓获劫持犯，就可以避免出现最糟糕的局面。"

"所以大家都急三火四的。不过，田中警视正有点奇怪啊。"

"您指什么？"

"我是说您好像完全不着急似的。"

"我看上去是这样吗？"

"是的，所以才去这么远的饭店，不对吗？"

"哦，还真是。"田中若无其事地笑了起来。

"怎么只有您一个人这么悠闲呢？大家都急得跟什么似的。"

"我觉得这起案件不像那么容易就能侦破的。对于要花些时间的案子，很重要的一点是从一开始就要做到从容介入。就算是匆匆忙忙，最终难免重回原点。"

驹子对这位田中警探心生信任，其他警探一直都在重复着无理的要求，但田中却能让人感受到一份沉着与从容。

"我一贯主张警探与知情人之间建立朋友一样的关系，这比尖锐对立更加重要。吃过饭，我会尽量想办法让您回家。不过决定权不在我手中，所以我不能私自这么做。"

"冲您这句话，我就要谢谢您了。"

驹子和田中一道轻松就餐的时候，开始暗自梳理自己认识或是认识自己的人，谁最有作案的可能？饭后刚回到警视厅，田中就对侦查部长说，他认为没必要继续扣留驹子。

侦查部长内心充满不安，却又不得不接受田中的意见。兹事体大，舆论虽然睁一只眼闭一只眼，但这的的确确是在践踏知情人的人权。

"你，真的有把握？那个女人真的与本案无关？"

"是的。"田中回答得十分肯定。

"没有其他需要询问的事情了？"

"是的，最好先放她回去，如果她想起什么，让她主动来联系我们比较好。现在她处于自我防御状态，筋疲力尽，一旦洗清罪名，放松下来也许会想到什么。"

侦查部长陷入了沉思，感到田中在强迫自己进行一次大冒险。驹子是否和罪犯存在某种关系尚未可知，放她回去是一件危险的事情。部长却无法忽视田中的建议，他有很多地方要仰仗田中。

"我知道了，就照你说的做吧。"侦查部长马上下令放驹子回去。

驹子回到家没多久，就给侦查总部打来电话要找田中。

"田中警视正，如果罪犯是认识我的人，可能不是直接认识的人。"

"有这种可能，我们在侦查中经常会发现被盗用姓名的人，与罪犯完全不认识。"

"我感觉可能是间接认识我的人。"

"间接是指什么情形呢？"

"我是说，我们公司的女职员喜欢八卦，我经常会跟她们说起自己和皇太子妃在学校时的情景，还有些生活趣事。"

田中点了点头，这是很有意义的陈述。

"都是些什么样的职员呢？"

"我也不知道能不能说。"

驹子的语气中，明显是在担心给职员们带来无妄之灾。

"我保证不会伤害到这些人。"

"尤其是……有三个女职员很喜欢问皇太子妃的事儿，问得特别仔细。现在想起来，她们对皇太子妃的好奇心好像有点过头了。"

"您能告诉我她们的名字吗？"

"美智子，里美，吉子。"

"我知道了，谢谢！"

书信疑云

侦查部长很振奋地召集了紧急侦查会议。

"根据田中警视正从驹子口中得到的信息，驹子所在的公司里有三名女性出现在嫌疑人名单中。渡边警视正把这三名女性带走，不要带到侦查总部，要绝对避免在媒体面前曝光，就带到新桥的安全屋；铃木警视彻底调查她们的男女关系等周边人物关系；石田警视申请搜查证扣押搜查她们的住所。所有的行动都要秘密、迅速地进行。"

"是！"

被带往安全屋的三个女人都是二十来岁。

田中透过监视器打量着在不同房间里单独接受调查的三个女人，连连点头。旁边的小森看到田中点头，也跟着下意识地点了点头。

"三个女人有共同之处，都在同一家公司上班，年龄相仿，对皇太子妃的关心程度超乎寻常。"

"劫持犯的轮廓似乎大致显现出来了。"

"啊？"小森简直不敢相信自己的耳朵。

"我好像知道是什么人了，劫持犯应该是个有魅力的帅哥，在精神上支配着三个女人，分别跟她们索要不同的信息。"

小森使劲点了点头。

"我明白了。不过，索要不同的情报是什么意思呢？"

"劫持犯可能是担心引起女人们的怀疑，就把想了解的情报分成三份，让不同的女人分别去打探。你还记得'宫泽事件'吗？他就是分别利用三名女性，完成了偷取'豹之眼'宝石的惊天窃案。这次的劫持犯估计也是从三个女人那里获得情报，再组合起来挖掘出自己想要的信息。"

侦查结果与田中预料的完全一致。调查这三个女人的男女关系后，结果都指向她们背后的一个名叫金广良昭的男子，这个男人通过三个女人掌握了驹子和皇太子妃关系的方方面面。

然而，侦查却没有更多的进展。三个女人仍然对罪犯怀有一种近乎崇拜的情感。

"虽然不知道他是什么人，倒是真让人羡慕。他像是会魔法，指使了可不是一个，而是三个年轻女人啊。哪怕都知道他犯下了滔天罪行，自己只不过是他恋人中的一个，依然痴心不改，对这段感情恋恋不舍。"

"哼，谁说的，我去说服她们。"

侦查部长无法理解这些年轻女人，亲自前往询问室游说。

"虽然罪犯是你们的恋人，但你们别忘了，你们首先是日本国民。罪犯劫持了象征着我们日本的皇太子妃，现在不仅是天皇陛下和皇太子殿下，全体日本国民都忧心忡忡。你们应该把有关罪犯的所有事情全讲出来。"

面对侦查部长几近呐喊的斥责，三个女人却不为所动。

"这下糟了！本来就没有时间，女人们还这么顽固，劝说也好，胁迫也罢，简直是油盐不进啊。"侦查部长露出了焦急的神色。

田中说："还是需要时间，这些女人在顽固地保护罪犯，要先去瓦解她们的心理。"他刚要进询问室，内线电话响了起来，是警视总监打来的。

"原来是找你的。"侦查部长不情不愿地把话筒递给田中。

"往这里打个电话。"警视总监小心翼翼地说出一个电话号码。

"这是哪里？"

"你先打，我也不知道是什么事情，回头跟我说说。"

"是。"田中好奇地瞅着这个电话号码，拨号报上名字。

不一会儿，听筒里传来一个斯斯文文的声音："我是皇太子。"

"啊，是皇太子殿下。"田中不由得大吃一惊。

"我现在想和你见个面，你能来东宫吗？"

"是，我马上去！"

田中整理好衣装前往东宫，一路上脑中充满疑惑。皇太子为什么要半夜召见自己呢？如果是为激励侦破工作，惯例应该是召见警视总监或者其他领导，不是还有侦查部长吗？而且就连警视总监也不知道皇太子为什么要召见自己。

在东宫等候的礼宾秘书官把田中请到了会客室。他刚刚走进会客室，皇太子就打开另一扇门走了进来，田中恭恭敬敬地低头向皇太子行礼。不过，会客室内还有一个提前进来坐在座位上的人，皇太子进来的同时他也站了起来，他就是文部科学相町村。皇太子努力保持着从容的语气请田中就座。

"田中警视正，请坐，辛苦了。"

"没有成果，非常对不起！"

"以后会有进展的……"

面对皇太子，田中拘谨不安，尽管是警卫工作失误所致，但自己的义务正是要把罪犯绳之以法。皇太子望向町村，町村马上开口说道："去年九月份前后，我曾收到不明身份者寄来的一封信，这封信十分奇怪，所以我心中非常不安。"

田中点头表示洗耳恭听。

"请先看看这封信。"

町村把放在桌上的信递给田中。

町村文部科学相，我们中止了你们针对CCTV的阴谋。这次是警告，现在要把所有的一切归位，否则我们将劫持你们的象征性人物。

"嗯……"田中的口中轻叹一声。

"你知道对方暗示的是谁，所谓象征人物。"

田中点了点头。

"做梦也想不到事情会变成这样，我还以为仅仅是表示不满而已，所以没有告诉过任何人，可是竟然发生了这种事……"

"您认为写这封信的人和绑架皇太子妃的罪犯是同一个人？"

"对。"

"不过，针对CCTV的阴谋是什么呢？"

"阴谋这个说法欠妥。"

"我是说，他们认为什么是阴谋？"

田中觉得在皇太子面前对町村刨根问底有些失礼。

"我明天来找您，是否可以。"

"就这么办吧，我等你。对了，这件事要绝对保密，就算对警视总监也一样。"

"可是……"

田中望着皇太子，皇太子点了点头，意思是让自己噤口不言。

町村可能是为了让田中安心，多说了一句："我会在适当的时机向首相等人说明此事。"

田中向两个人低头行礼，走出会客室。他很吃惊，内阁完全是由首相任命的，可内阁中竟也有人这样直接与皇室接触。当他回想起前任森首相不久之前引发纷争的发言时，就觉得存在这种可能。森首相曾经大胆地在媒体面前如此说道："日本是以天皇为中心的神之国。"

爱上劫持犯的三个女人

　　田中不声不响地不知所终。在总监室里，在媒体面前，面对是否已从三名女子处得到口供的质询，侦查部长不知如何作答，心急如焚。就在这个时候，野蛮粗鲁出了名的渡边又给侦查部长的焦躁情绪点了一把火。

　　"部长，我来试一试吧。"

　　"你?"

　　"对，我们侦查总部是全日本最棒的，什么时候成了这副模样? 有谁能唱着独角戏就把案子破了的? 您看看现在的舆论吧，全是田中，难道侦查总部只有田中吗? 这么下去的话出了什么岔子，责任可全得由部长您来承担啊!"

　　侦查部长素来对渡边的粗糙办案手法持怀疑态度，但渡边的话也有一定道理，侦查是一个漫长的过程，此时此刻要把所有能用的牌全用上才行。

　　"好，那就试一试吧，但不要做得太过。"

　　"是!"

　　渡边浏览了三个女人的个人资料。

与其他两个大学毕业的女人相比，这个叫里美的女人只是高中毕业，年纪也比较小。渡边盯上了她。

　　"把里美叫过来。"

　　透过透视玻璃看到里美被带到询问室，渡边脱掉外衣，摘下手表和戒指。高中毕业的毛孩子，渡边有信心让她在三十分钟以内全招了。渡边正要雄赳赳气昂昂地迈进询问室时，田中进来了。

　　"你要干什么？"

　　"我让她招供，跟个小丫头似的要到什么时候！"

　　田中非常了解渡边，能够预料到后边将发生什么事情，不屑地说道："你还真是一点没变啊，笨蛋！"

　　渡边脸色一变，粗鲁地说道："你说什么？你这家伙！你以为日本警界除了你没别人吗？"

　　田中回头看着侦查部长说："如果您让渡边参与，那我就退出这个案子。"

　　渡边生气地冲过来说："你小子就别插手这个案子了。就是因为你，半天就能抓住的线索都错过了！"

　　"你这个笨蛋！你连这个案子的性质都没掌握。你这种卑鄙无知的家伙就算有一卡车，都扑上去也抓不住这个案子的罪犯！部长，现在这个案子中最重要的就是周边的知情人，再怎么着急都不能这么做，您知道吗？"

　　看到侦查部长犹豫不决，田中审时度势，起身走人。

　　警视厅的人觉得要来的终于来了。一件举世瞩目的大案，洁癖般坚持原则的田中和粗鲁野蛮的渡边，没有道理不产生摩擦。

　　渡边凶巴巴地吼叫着进了询问室，一脚踹上里美坐的椅子："站起来，你这个家伙！"

　　"啊！"伴随着一声惨叫，里美四仰八叉地摔倒在地。

"你知道这是什么地方吗？还敢这样坐着？爬起来！"

渡边摆出恶狠狠的样子，想吓得里美丢了魂："立正！"

里美吓得立刻爬起来立正站好。

"从现在开始，你要把他的事情全说出来！万一让我发现你有一丁点的假话，我也不能保证我会做出什么事情，明白吗？"

"……"

见里美没有回答，渡边猛地一推里美，大声喊道："怎么，为什么不回答？"

"啊……"里美惨叫着摔到地上。

"站起来！立正！"

里美又疼又怕，一下子从地上爬起来，重新摆好立正的姿势，全身上下瑟瑟发抖。

"坐下！"

渡边认为自己一定是做到了先发制人。对方是个小女孩，这么吓唬吓唬就行了，现在提问的话，没理由不老老实实回答。

"好，现在说吧！你和那个家伙最开始是怎么认识的？"

"请给我点水。"

"你说什么？"

"我的嗓子太干了。"

"水？行，给你水，你就说？"

里美点了点头。渡边冲着在透视玻璃另一边察看询问室情况的侦查部长悄悄地露出个微笑，估计部长也会露出会心的微笑吧。圆滑的侦查部长已经回避了这一过程，渡边却不会知道这些。渡边按了内线电话。

"喂，拿点水过来。"

渡边冲着透视玻璃后的部长使眼色说话时，里美偷偷地把手伸进了外套口袋，然后又把手拿了出来。过了一会儿，几片药就着水一起灌下了嗓子眼，渡边却没有察觉。

"行了，现在开始吧？"

然而，里美没有回答。渡边又骂了几句，见里美不说话，就托起了她的脸，可里美突然软塌塌地滑到了地上。

"站起来！立正！"渡边冲着倒下去的里美大声叫嚷起来，但她没有任何反应。

"警视正先生，请住手！"

透视玻璃另一侧注视着询问室内情况的警探急匆匆地跑进询问室，随手把渡边推到一边，赶紧把手放到里美的鼻下，幸亏还有呼吸，意识也有。紧接着，侦查部长突然冲进来，怒气冲冲地一记老拳打到渡边脸上。

"你这个蠢货！"

万幸的是里美的自杀企图发现得早，洗胃之后没有性命之虞。

侦查部长立刻去找里美道歉。面对态度诚恳的圆滑侦查部长，里美依旧一言不发。

"全完了，这下全完了啊。"

第二天一早，侦查部长出现在田中面前，抱着头绝望地说道。

"我去见见她吧。"

"不行！我昨天见过她了，多余去刺激她，她没准会说些没用的废话。"

侦查部长担心里美告知媒体警方实施刑讯逼供，这个责任当然要归自己。

"部长，现在必须展开调查。"

"你说什么？这是什么话？里美现在可是情绪极度激动啊。"

"那就更需要现在展开调查。"

"什么意思？你说得明白点。"

"里美并不是因为渡边的审讯才想死的。"

"这话是什么意思？"

"谁会因为怕被审讯就随身藏着药呢？"

侦查部长似乎想到了什么，直直地盯着田中的双眼。

"等等，你的意思是说里美可能是共犯，所以才想自杀？"

田中摇了摇头。

"那是什么？这也不是，那也不是的。"

"罪犯从三个女人那里一点点套出情报，既是为了自己不被怀疑，也是为了保护这些女人而采取的措施。女人们被利用的程度构不成犯罪，劫持犯非常狡猾，同时也是相当有人情味的编剧啊。"

部长失望地问道："这跟女人吃药有什么关系？"

"因为她爱罪犯，可能罪犯在套出情报后就甩了女人。也许，三个女人正经受着同样的痛苦。这些女人现在被幻想所支配，只要打破她们的幻想即可。所以，现在反而要去展开调查，人在最痛苦的时候最容易动摇。"

"是吗？"

部长歪着头，觉得田中的话有一定道理，同意进行询问。

田中立刻下令将女人们集中到同一个房间。

田中身着整洁的西装走进询问室，面对里美他完全没有表现出异常，和其他两个女人同等对待。

"各位，首先有一件事情请大家考虑一下。"

里美冷若冰霜，连视线也不曾转移。吉子和美智子却感觉到气氛突然变化，都注视着田中。田中先问了里美。

"里美小姐，你认为罪犯为什么要劫持皇太子妃呢？"

"不知道。"里美声音冷冰冰的。

田中并不介意，镇定地说道："他利用了里美小姐你作为工具，他真正的心思全用到皇太子妃身上。美惠子成为皇太子妃之前是一位充满魅力的女性，是所有日本男人钦慕的理想对象。家庭出身好，是毕业于东京大学和美国哈佛大学的才女，又以优异的成绩通过了高难度的外交官考试，婚前已经作为外交官崭露头角。皇太子妃是所有男人都渴望的善良睿智的女性，罪犯利用了你们三位，然后劫持了自己的梦中情人皇太子妃。"

"……"

"我很了解这种人，罪犯劫持的不是身为皇太子妃的美惠子，而是作为精英女性的美惠子。罪犯认为皇太子妃的优雅源自她的学历与知识，他是一个智力种族主义者，这种人追求女性身上美貌以外的东西，也就是学历与智慧。罪犯愿意为具备这些条件的女人舍弃性命，而对于不具备这些条件的女人，他完全感觉不到她们的重要性。他只是铁石心肠地彻头彻尾利用你们啊。"

"……"

"你们好好想一想，罪犯为什么这么执着于皇太子妃。每次约会，罪犯都会坚持和各位索要皇太子妃的信息吧，带来好信息的日子就好好地待你们，否则就莫名其妙地有些不快，对不对？"

里美的衣领轻轻地抖了一下。

"罪犯爱的是皇太子妃，为了这份爱情，他利用了你们。"

听完田中淡然的话语，里美逐渐动摇了。到目前为止，里美只把皇太子妃当做日本国的象征，认为皇太子妃和天皇陛下、皇太子殿下一样，都是应该崇拜和尊敬的对象。

听过田中的一席话，皇太子妃开始展现出一个女人的形象。

里美一想到自己的竞争对象是在海外名牌大学留过学的才女，而自己勉强高中毕业，相比较实在是过于寒酸。

"现在，里美小姐不知不觉成了帮助罪犯劫持逃窜的共犯，要赶紧洗刷这一罪名啊。其实，只要你原原本本地说出来，我们可能会认为你和这个案子没有直接关系。不过，如果你不愿意这么做，那我们也没有办法，只能把里美小姐当做共犯拘留了。其他两位也是一样。"

田中说完最后一番话，就离开了座位。他正要开门出去的一瞬间，传来了里美有气无力的声音。

"他提了什么要求?"

"他没有提要求，你知道这意味着什么吧?"

"……"

"他拥有了自己的梦中情人皇太子妃，至此他的目的已经达成。"

"啊……"

现在，里美已经彻底崩溃了，另两个女人也一样。一旦认识到自己爱恋的男人为得到皇太子妃，竟然敢冒天下之大不韪去绑架，三个女人心如刀绞。她们陷入了对金广良昭背信弃义的愤恨中，既惶恐不安，又自卑轻贱。

文学青年

女人们对劫持犯的印象都一样。这个名叫金广良昭的男人是个二十七岁的文学青年，非常绅士，温柔多情，更重要的是他长得相当帅气。

三个女人差不多同一个时期开始和他交往，每周见一两次面，约会时把罪犯想要的皇太子妃的资料提供给他。

罪犯说写小说需要这些资料，对此谁也没有怀疑过。根据女人们对金广良昭的描述，田中做出理性判断，他的外貌极其俊秀，而且对女人全心全意，女人们都对遥远的婚姻有所期待。因此，女人们做梦也没想到他是为了劫持皇太子妃而利用自己。

"知道他住在什么地方吗？"

"他说自己住在上野的商住楼里，可是不知道具体的地方，他从来没带我去过他家。"

现在，面对警探的提问，三个女人都老老实实地回答自己知道的事情了。

"电话号码是……"

"我们只用手机联系。"

"手机号码多少？"

三个女人说出来的手机号码当然也完全一样。

"好的，大家也都累了，请休息一下吧。"

罪犯的手机号码一经确认，警探们急速奔赴通信公司。

"现在终于可以找到线索了。"

小森握紧了拳头。

"小森，你觉得凭这一个电话号码能抓获罪犯吗？"

听到田中的声音，小森顿时对自己期待的结果感到某种不安。果不其然，出动的刑警们垂头丧气地无功折返。

"这个号码登记的人是里美。"

"里美？"

"是的，就是那个来警局接受过质询的里美。"

"最近的交费情况呢？查过电话费自动转账的银行账户了吗？"

"查过了，也是里美那个女人的账户。"

"天哪！"

小森一下子瞠目结舌。

"把里美带过来。"

里美像是已经意识到发生了什么事情，低着头走进来。

"是你给金广良昭买的手机，又替他交费吗？"

"是。"

"那刚才为什么不说呢？"

"我本来想说的，但你们急急忙忙的，我没机会讲啊。"

"你真是的，能把人噎死啊。"

小森像是突然想起了什么似的，赶紧问下属：

"手机的通话记录拿到了吗？"

可是迎接小森一脸期待的回答却再一次让他灰心丧气。

"拿到了，不过什么也没有。"

"什么意思?"

"这个手机号只用来和这三个女人打电话，从来没有和其他人打过电话。甚至，就连咨询电话也没有打过。"

事到如今，不仅仅是小森，就连坐在一旁的侦查部长也为罪犯的细致缜密而大惊失色。

田中再次把三个女人召集到一起。听过田中的说明，她们难掩惊讶之色。

"天哪，难道他这么……"

"是的，从一开始，金广良昭就没有爱过你们。"

女人们的惊讶演变为怒火，她们曾经以为自己对金广良昭无所不知，但事实上却是一无所知。

"就连他告诉你们的名字也是假的。"

再次进行询问的时候，女人们和之前的表现完全不同，都积极主动地协助调查。

"他说自己是文学青年?"

"是的。"

里美用交织着愤怒和绝望的声音回答，美智子和吉子也默默地点头。

田中思忖片刻又开口问道:"不过，一般人要当作家并不容易呢……有什么感觉? 他作为作家是有点怪怪的，还是感觉很自然呢?"

三个女人互相看了看。

"有点奇怪，现在回想起来像是两种感觉都有，既自然又奇怪……"

听到美智子的回答，另两个女人也一起点了点头。

"什么地方感觉自然呢？"

"他说自己是作家的时候会让人觉得自己的感觉是正确的，他似乎就是从事写作或者这方面工作的人。"

"这有点奇怪啊，如果是长得这么帅的男人，相比作家，好像更容易联想到演员或者模特之类的职业吧？"

"他完全不会像演员那样给人轻松的感觉。"

田中点了点头。

"这一次请吉子小姐来回答吧。罪犯说自己是作家的时候，你有没有感觉哪里比较怪异？"

"我感觉他的词汇量没有丰富到可以写文章的程度。有时候他会说些一般人用不好的难词，可偶尔的他却不知道连小孩儿都会的词。所以我常常感到奇怪，有一次我直接问他，怎么这么简单的话都不知道，是否连幼儿园都没上过。当时我说的是句玩笑话，他却出人意料地惊慌失措，所以赶紧换了个话题。现在想起来有点怪怪的。"

"你和金广交往的这段时间，他一直都是这样词汇匮乏，连简单的词语都不知道吗？"

"这倒不是，刚开始的时候他有点结结巴巴的，后来见面次数多了，他的词汇逐渐丰富起来，像个名副其实的作家那样。"

田中点了点头。

坐在吉子面前的小森用冷嘲热讽的口吻问道："如果说想当作家的人词汇量这么匮乏，让你觉得奇怪，为什么从来没怀疑过呢？"

"那时候做梦也没有这种念头，因为我认为他是真心爱我的，而且我觉得他这个文学青年很帅。"

小森啧啧咋舌，田中却点了点头。现在发生了皇太子妃劫持事件，他被当成罪犯才会如此，当时他没有理由遭人怀疑。金广十分狡猾地打造出自己的各种形象。

看样子，再问不出更多的线索了。田中从安全屋出来后，按照约定去见町村。

驾车途中，田中和官场上的同学通了个电话，收集了几点信息。目前公开参与"新历史教科书编撰会"的町村正是之前国定教科书风波的始作俑者。

保护新历史教科书的阴谋

町村为接到威胁劫持的信件却没有采取应对措施而叹息不已。

"我以为对方所说的象征人物单指天皇陛下，所以根本不信，怎么可能发生劫持天皇陛下的事情呢？我以为是哪个神经病寄来的信，没当回事……没想到竟然真的发生了这种事情！"

"那信中所说的'CCTV的阴谋'到底是什么呢？"

"我们怎么知道？"

听到阴谋的字眼，町村再次流露出抵触情绪。看起来，町村虽然因为皇太子妃劫持案的侦查工作不得不会见田中，但还是忌讳吐露实情。

"无论是否阴谋，还请您告诉我们CCTV意味着什么，我们才能展开调查。"

"嗯，收到那封信的时候，我们正策划一件事，关系到新历史教科书……"

"请稍等，您说的我们是指文部科学省吗？"

"不只是文部科学省，有更广泛的意义。"

"皇室也包含在内？"

"学习院教授大多参与其中……"

学习院是日本皇家和上流阶层的子女才能就读的大学。田中默默地点了点头。

"新历史教科书即将完成的时候，正准备接受文部科学省的检定。《朝日新闻》突然盯上了这件事，在头条刊登报道说，由于教科书内容欠妥，文部科学省不能通过。于是，平时就对新教科书不满的人们纷纷站出来大肆批判。"

"所以……"

"我们希望新历史教科书能够在众人的祝福中华丽登场。我们确信这一点，按照我们的计划，教科书获得了全国中小学教师的支持，西尾会长为宣告这本教科书问世，其撰写的《国民的历史》销售已逾百万册，日本将重拾光荣。"

田中不由得大吃一惊，他不曾想到检查认定并通过一本教科书竟然关联到如此庞大的势力。

"这不是一本单纯的教科书，它是为了摒弃'自虐'的历史，重归'自豪'的历史，历时五十六年集合了推动日本前进的巨人之力的成果。"

"自豪的历史是……"

田中正在暗自揣摩，町村接着说道："不过，我们没有想到反对浪潮声势浩大。所以经过反复讨论，我们制定了一条妙计。"

"这就是针对CCTV的阴谋吧。"

"不是阴谋，是计划。"

"……"

"CCTV是指中国的中央电视台。"

"我知道。"

"我们曾决定利用CCTV的影响力。在他们邀请森首相进行专访时，会探讨诊断中日关系，这是一个好机会。"

"您是说为了新历史教科书而利用中国中央电视台CCTV吗？"

"对。"

"是什么方法呢？"

"归根结底在于舆论，日本国民的舆论。"

"所以……"

"在CCTV的专访中，森首相会坚决果断地宣告尖阁诸岛（中国的钓鱼岛）是我们日本的领土。"

"……"

"这段节目一旦播出，中国有影响的报纸将会率先发表文章予以驳斥反击，中国人会走上街头抗议。想一想吧，亢奋的国民，反日游行，迫于舆论压力的政府会强硬起来……"

此时此刻，田中知道了阴谋指的是什么。

"用这种方法让日本国民团结一心。"

"正是如此，比中国人反日情绪更加强烈的是日本人的反华情绪。中国人常常把讨厌日本人挂在嘴上，可真的遇到日本人又会亲热无比；日本人口头上绝不说讨厌中国人，却连房子都不会借给中国人。"

田中无比惊讶。利用中国人的抗议，点燃起日本人压抑已久的怒火，反过来表达对现状的不满，借此为新教科书的华丽登场铺路。若深入思考，这真是可怕得令人胆寒的阴谋。

"不过，在我的印象中，当时中日两国并没有因为尖阁诸岛（中国钓鱼岛）问题引发尖锐对立，是计划最终失败了吗？"

"不知什么原因，CCTV播出时删除了森首相专访中有问题的发言。"

"是他们制止了吧。"

"所以，我们向CCTV提出抗议，问他们为什么没有完整地播出所有访谈内容。试想一下，如果邀请一个国家的首相尽心尽力地进行专访，然后随心所欲地剪辑，这难道不是很失礼的行为吗？"

"CCTV方面怎么说？"

"刚开始给出了各种理由，最后宣传部门的官员是这样回答的，说他们接到了从日本打来的匿名电话，获悉了我们的计划。他们认为电话中所说的事情有一定道理，所以删除了引发矛盾冲突的内容。那个官员义正词严地向我方提出了抗议，质疑我们怎么能够如此恶意地利用专访激化两国矛盾。"

"嗯。"

"那个给CCTV打电话的人，应该与皇太子妃遭劫持有关，请追查这个人。"

田中摇了摇头，以劫持皇太子妃的手法来看，倘若这二人是同一人，是不会暴露证据的。不过，町村的叙述对把握罪犯的心理大有裨益。若二人果真为同一人，那劫持皇太子妃或许是基于政治原因。

"我可以把那封信带走吗？"

"这恐怕不行。"

反正是电脑打的信，对笔迹鉴定无益，田中也就从座位上站了起来。

"如果您想到其他的事情，请联系我。"

"好的，最重要的是保密。"

新任警视总监

由日本警察和公务员展开的全国性大规模搜寻皇太子妃的工作已经持续四天了，一无所获。他们一边家家户户走访传达协助调查文件，一边趁机暗中观察国民的家庭情况，只要有一丝可疑，即便没有搜查令也要直接入户搜查。尽管如此，民众还是毫无怨言地积极协助调查，因为日本人对皇太子妃遭劫持一事心急如焚，破案的愿望也非常强烈。

警方虽然拘留了警卫队队长等当时在现场的所有警卫，可单凭这一点仍无法与舆论的压力抗衡。《产经新闻》的黑田记者带头制造舆论，导致警视总监被迫辞职。

在新任命的警视总监主持的紧急侦查会议上，气氛自然十分凝重。侦查部长愁容满面，他对挖掘出三个女人身上的破案线索，抱有比其他任何人都高的期望值。

"这么紧急的时刻，为什么没有联系到田中警视正？"

"他好像正在见什么人，从刚才起就处于关机状态。"

"真是的，继续联系，一直到联系到他为止。"

侦查部长惴惴不安地面向新任警视总监及高级警官通报情

况。检察院方面的劫持案件专家也出现在会议现场，他们把侦查部长介绍的情况逐一记录在手册上，同时反复确认。

"之前公布的信息是劫持犯非女性，而是男扮女装，对吗？"

"是的。"

"田中警视正认为本案中有共犯？"

"对，是的。"

"其中一名罪犯二十七岁，名叫金广良昭？"

"是的，不过金广良昭是假名。"

"这个叫金广良昭的人通过驹子就职公司的三个女人获取了有关皇太子妃的情报，没有人知道他的真实身份吗？"

"是的。"

"金广良昭说自己住在上野的商住楼里，但那里所有商住楼的人看过罪犯的合成图后都认不出这个人？"

"是的。"

"那金广良昭是给皇太子妃写信，然后出现在歌舞伎剧院的人吗？"

"田中认为出现在歌舞伎剧院内的可能不是金广良昭，而是共犯。"

"有什么根据这样认为呢？"

"因为作案手法。首先，没有共犯的话绝对不可能在剧院内实施犯罪，再加上通过询问目击者，发现直接劫持皇太子妃的人并不是一个年轻男子。"

"金广良昭的合成图准确吗？"

"给三个女人看过制作好的合成图，她们全都点了头。"

警视总监的脸上多少露出点满意的神色，刑侦干部出身的他知道一旦制作出完美的合成图，罪犯的抓获率接近于百分之百。警视总监略为安心地站了起来。

小道消息

八卦杂志《PINK》社长兼总编喜久司一天到晚训斥记者，皇太子妃遭劫持这样千载难逢的大新闻，手下至今仍没有任何新线索和突破，他又急又气，火冒三丈。

"一群饭桶！这个样子你们还算记者吗？现在可是千载难逢，不，是万载难逢的重大事件。这样的报道不需要什么广大神通就能写啊，动动脑子，换换角度，这么重大的新闻即便是边边角角的下脚料，写一年都写不完。你们这群家伙也能叫记者？事情过去好几天了，连一篇像样的报道都拿不出来！明天都不用来了，你们这群家伙就该去工地搬砖。哼，连一点儿记者的素质都没有！"

记者们全都垂着头，战战兢兢，无言以对。

"我不是让你们去弄清楚整件事的来龙去脉，只要有一点点事实，哪怕不是事实都不要紧，我们什么时候凭事实写文章了？我说的是最小的根据，说白了就是头绪。只要咬住一点头绪，发挥你们的想象，这样能写出多少东西啊！一个小时就能写出卖光一周杂志的报道了。写起来多轻松啊，你们还不明白吗？"

"……"

"罪犯是男是女都没关系，大胆去写。侦查总部既然说罪犯是个男人，这就意味着已经掌握大体轮廓了。哪怕不知道详细情况，至少多大年龄什么的还是能知道的呀。你们这些家伙现在竟然连罪犯是年轻人还是老年人都确认不了！我只要你们告诉我一句话，罪犯是个年轻男人。"

总编稍稍调整了下呼吸，接着说道："报道的名字就叫'皇太子妃遭年轻男子劫持'，想想吧，下边能写出多少东西啊？比如单恋皇太子妃的宅男舍命导演这出劫持大戏，现在他们藏身什么地方，在做什么？皇太子妃是否能维护皇室尊严？能否保住自己柔弱身躯的清白？罪犯是否性虐狂徒？是否从小就单恋皇太子妃的朋友绑架了她？再或者在美国留学时，皇太子妃发生过什么难以启齿的事情等。只要一落实立马就能售罄，你们竟然连一句有卖点的话都问不出，真是一群饭桶！"

听到总编无休无止的训斥，一名戴着金框眼镜的记者悄悄抬起头来，用特有的沙哑嗓音说道："总编，就当是年轻男人好了，反正老家伙们也做不出这种事来……"

总编的目光如箭矢一般深深地射在金框眼镜男的脸庞上。

"什么？你这家伙现在逗我玩儿，是吧？万一以后发现是对某些政治团体或者皇室心存不满的老匹夫做的，我们的杂志倒台不说，我也得进监狱了，你替我去啊？你这蠢货！"

金框眼镜男的声音有气无力，却还要去招惹总编。

"我觉得这次的事情应该是年轻人干的，要真是对政治团体或者皇室心怀不满的老家伙犯的事，还不得马上提要求或者公开消息？没准那家伙现在正把皇太子妃关在秘密的地方，对着垂涎已久的皇太子妃为所欲为地实现梦想呢。"

总编把手边能抓到的东西全都朝着金框眼镜男砸过去。

"你以为劫持犯像你啊？你这个神经病！"

突然，总编看到自由撰稿人晴子急匆匆地开门走了进来。晴子自大学毕业起开始向《PINK》投稿，主要写些专刊报道，才华不亚于任何一家大报的资深记者。

据晴子本人所说，她虽然通过了大社的入职考试，但她对于在杂志上刊登各种小道消息更感兴趣，于是就和《PINK》杂志共事了。总编非常重视晴子。

晴子像是心提到了嗓子眼一般激动不已。

"总编！独……独家新闻。"

"什么？独家新闻？"

"我是说皇太子妃劫持事件。"

"哦？有了什么发现？"

"对，要赶……赶紧去落实。"

晴子气喘吁吁，对独家新闻满怀期望，连话也说得结结巴巴了。

"什……什么？你知道了什么？"

"一家保险公司的三名女职员昨天下午起被带到警视厅特别侦查总部，一直到现在都没有消息。刑警去了这三个女人家里扣押搜查，听说拿走的全是有关皇太子妃的报道、剪贴纸片、照片等。"

"这……这是真的？"

"是的，百分之百确定，我亲自确认过。"

"哦，晴子！真的知道了这么惊人的消息！不过，你说是独家新闻？其他报社完全不知道这个消息？"

"对，只有我知道。"

"怎么回事？你自己怎么会知道这么震撼的消息？"

"被带走的三个女人中有一个是我的好朋友，叫美智子。我们本来约好见面的，她却没来。我和她家里联系，发现她父母惶恐不安。可能是警方严厉警告过他们，他们一开始闭口不言，我觉得奇怪，就一再追问他们，一点点知道了这个消息。现在还没有人知道，除了我之外。"

"做得好，晴子！晴子万岁！"

次日的《PINK》在街头报摊卖疯了，看到《PINK》封面的人全都大吃一惊。

皇太子妃和三个女人的秘闻
——她们之间的男人是罪犯吗？

仅凭题目，足以完美地吸引全世界的目光。

侦查总部闪电带走P保险公司的三名美女职员，搜查了她们的住所，没收了收集有皇太子妃各种信息的剪贴簿。令人奇怪的是，这三名女子都剪贴了很多有关皇太子妃的信息，警方认为这三名女子与皇太子妃遭劫持有密切关系，正在彻夜侦查。

在这简简单单的事实报道下面，紧接着就是对罪犯劫持皇太子妃缘由的诸多推测。

据推测，三名女子素爱与一名男性恋人尝试各种形态的性爱，他们最近可能在尝试年轻人中盛行的"不可能性爱游戏"。这个游戏是指定难以接近的对象，以最终是否发生性关系决定成败，指定对象越是难以接近的身份，得分就越高。在这一游戏中，所有男性都认为皇太子妃是接近难度最高的对象，最后可能是游戏上瘾的男子劫持了皇太子妃。

"这群该死的家伙！"

侦查部长看到了《PINK》周刊上刊载的文章，紧握的拳头不停颤抖。与其让这种毫无根据的煽动性报道四处流传，远不如向媒体公开侦查情况。

外务省435号电文

　　三天后美惠子迎来了凉爽的风，她敞开胸怀深深地呼吸新鲜空气，灿烂明媚的阳光从山脚下伸开暖暖的手掌，跑脱跳跃，环绕着美惠子的全身。美惠子感觉着这种幽静的氛围，因为紧张和不安而瑟缩的心也在两个夜晚之后萌生了点点的希望。

　　不过，这期间美惠子一直在绝食，她感到一阵阵的晕眩。尽管如此，美惠子认为与刚开始自己在后备厢中设想过的最坏结果相比，现在可以坚持下去。

　　美惠子只在最初的歌舞伎剧院中见过乔装后的罪犯面孔，这以后有好几次机会可以看清，她却刻意地不愿去细看。她不愿去看罪犯的面孔，是对劫持犯行为做出的一种本能反应，更重要的是为了避免因端详对方面孔而产生无用的先入为主观念。所以，美惠子隐约见到劫持犯的轮廓，对他的外形几乎没有印象。今天美惠子正面直视劫持犯，却有些出乎意料，那是一张谨慎得有些沉重的面孔，美惠子竟然还从劫持犯的脸上感到了一丝安心。

　　美惠子像是细细点数一般，轻抚着指缝间流淌的阳光，她不知道一直照耀在身上的阳光会有如此神奇的感觉。当她意识到劫持犯就站在相距不足十米的地方注视着自己时，不由得陷入了沉思。

今天是罪犯第一次打开门锁，让自己到外边看看阳光。刚开始，美惠子很想拒绝劫持犯的关照，又觉得这并非明智之举，于是走出了房间。

"以后会怎么样呢？"

美惠子心想，虽然劫持犯的态度有所转变，但也不能这样坐等啊，谁知道警察何时才能前来营救自己。

逃脱。

美惠子下定决心一定要脱身。现在自己被关在偏远山林中的一幢房子里，这里似乎人迹罕至。既然没有其他人帮忙，她必须在罪犯监视松懈时冲下山才行。但是，身处深山老林，从山庄往下望去，下山的车道一览无遗，想要摆脱罪犯的监视谈何容易。

美惠子瞟了一眼罪犯停在山庄后边的汽车，只要拿到汽车钥匙，所有问题迎刃而解。美惠子一边沐浴着宁静的午后阳光，一边思考着脱身计划，然后回了房间。

"吃晚饭了。"

敲门进来的劫持犯手上端着盘子，盘子上放着撒了芝麻的米饭，配有酱汤、海苔、腌萝卜、烤鱼，还有一杯水。

"我不想吃。"美惠子板着脸拒绝了。

"吃点吧，这样只会伤害自己。几天的话还能坚持，时间再长就难了，还不如从一开始就吃。如果想逃跑，就更要吃了。"

"……"

劫持犯的声音干巴巴的，他把盘子放到桌上就离开了。美惠子一直在绝食，已经饥饿难耐了。她举起筷子，眼泪快要喷涌而出又刻意忍住。美惠子拿着筷子夹起米饭，机械地送入口中咀嚼着饭粒。她强忍着泪水，不能在劫持犯面前表现出自己的软弱。

美惠子一边吃饭，一边思考劫持犯留下的一句话，想要逃跑的话就要吃东西，劫持犯的这句话意味深长。

"他为什么要说这些话呢？是在试探我的心思吗？"

美惠子认为应该小心为上。

吃过饭，美惠子有些犹豫不知道该怎么做。她不喜欢把吃完饭的碗碟就这么放到桌子上，又不能放到干净整洁的地上。美惠子觉得很难为情，这些违背她生活习惯的作为使她如坐针毡，如果今后诸如此类的不快累计叠加，她会发疯的。她固然担心自己未来的命运走向，但这种心理上的障碍令她十分厌烦。

任何一个女人被陌生男人劫持，都会有匪夷所思的想法。孤男寡女长时间置身偏僻的山庄，思想和行动上都会产生很多矛盾，尤其是她，身为皇太子妃的美惠子深知自己的身份将会造成更多的障碍。就算是现在无奈至极，所有的一切都荡然无存，仍然要维护皇室的尊严，这让美惠子一直处于紧张状态。

美惠子有心理准备，纵然粉身碎骨也要维护皇室的尊严。但是，一想到将来自己即便是平安无事，恐怕人们也不会轻易相信，流言蜚语一定会满天飞。她心如刀绞，一阵阵难过。

美惠子觉得这些复杂的想法最终只会击垮自己，就又冷静了下来。也许对方正沉溺于怪异的施虐之中，自己若展现出女人柔弱的一面，罪犯更会沉醉在胜利中，所以哪怕遭劫持也要坚强面对，绝不能妥协。在目前这种情况下，她不希望自己是皇太子妃美惠子，而是一个普通人美惠子在面对罪犯。能够这么考虑问题也算是美惠子的优点了。

次日，劫持犯端着早饭出现的时候，美惠子尽可能地用不带感情色彩的平淡语气问道："为什么劫持我？"

劫持犯没有回答。

"是个人目的，还是政治目的？"

"两个都有。"

劫持犯的回答模棱两可。

"请明确回答，我不应该知道你出于什么意图劫持我吗？"

劫持犯没理会美惠子的问话，背过身要离开时又像想起了什么似的突然停住。他转过身干脆利落地说道："你是人质，我打算以你做担保向日本政府提些要求。"

"什么要求？"

"你有没有见到过外务省435号电文？"

"435号电文？那是什么？"

"婚前你不是在外务省从事过秘密文件归类的工作吗？"

"但是我不关心内容，文件本来就很多，非常重要的秘密文件也不可能轻易见到。"

听到美惠子的话，劫持犯略微思考了一下，自言自语般说道："原来如此，这不是事务官能够看到的文件……"

美惠子等着他接着说下去，可他什么也没说。

美惠子很意外，对方竟然问自己有没有见到过秘密文件。自己通过外交资格考试，在外务省做内勤的时候的确从事过整理秘密文件的工作。不过，虽说是整理秘密文件，也只是把过去已经整理好的记录簿与现在的实物相对照，确认是否有遗失，然后在管理负责人课长名字旁边写下自己的名字而已。然而，绝密文件的原件自不必说，就连管理记录中也不会留下痕迹，所以不仅是自己，课长也无从知晓。

既然罪犯问起了关系到劫持理由的435号文件，美惠子推测这应该是一份非常重要的文件。

"不过他怎么会知道这种秘密文件呢?"

美惠子对劫持犯的真实身份更加好奇了。

"你要把我当做人质来要求换取这份文件?"

他默默地点了点头走出去。

"外务省435号电文?"

到底是什么文件呢……皇太子妃努力回忆自己在外务省工作期间有没有这份435号电文。

酒驾逃逸者

田中去警视厅上班的路上每次遇到红灯停车时，都要理顺之前的侦查情况，反复推敲自己的猜测。

"自称文学青年却又连小孩子都懂的词语也不知道，这意味着什么呢？"

陷入沉思的田中听到有人在敲车窗，一下子回过神，原来是正在盘查的警官。皇太子妃被劫持后东京市内到处都设置了紧急盘查点，随时展开盘查。

警官像是认出了田中，不等田中出示身份证，就毕恭毕敬地敬礼问候。田中点头回礼，其他打开后备厢接受盘查的车辆映入眼帘。他觉得日本警方的盘查工作的确细致到家，果然没有因为是上班时间而放松，可又疑惑罪犯到底是如何掩人耳目逃过这么细致的盘查呢？

从缜密的作案手法来看，罪犯预料到了无论是东京还是地方都将会有紧急盘查，应该已经做好了预案。田中掏出手机给小森打了个电话。

"小森，之前我让你复印的紧急盘查工作日志怎么样了？"

"放到您的桌上了。"

田中一上班就浏览起紧急盘查日志，日志记录了案发当晚全国实施紧急盘查的情况。

"我也浏览过几遍，可是没有嫌疑车辆的踪迹。"小森像是辩解似的向田中汇报。

田中淡然地点了点头，眼睛打量着缉获的通缉犯名单，自然没有金广良昭的名字。田中一边确认缉获通缉犯的嫌疑，一边查看他们有无劫持等前科，但这些通缉犯充其量是诈骗或者暴力犯罪嫌疑。田中又把视线转移到酒后驾车者的名单上，小森见此说道："城门失火，殃及池鱼，那天晚上酒后驾车的算是倒了霉。"

"是吗?"

田中漫不经心地应了一声，目光仍然落在这份酒驾名单上。他盯了一会儿，眼睛瞬间亮了起来，突然重新审视起翻过去的一页，自言自语起来："嗯，桥本……叫桥本吗?"

田中注意到在酒驾名单中，分别有三个不同地点查到了桥本幸太郎这个名字。对日本人来说，桥本幸太郎是常用人名，但田中却不想轻易放过。

"难道……小森，去联系静冈盘查所!"

确认过盘查工作日志却没有发现任何问题的小森条件反射地反问道："啊？您是说静冈警察局吗?"

"对，就是这份日志中报告了酒驾名单的盘查所。"

"是!"

小森给静冈警察局打去电话，询问当晚查出酒驾者的盘查所。

"静冈警察局管辖着三个盘查所，酒后驾车者是在通向名古屋方向的盘查所里查出来的。"

"知道了，帮我联系那个盘查所当天的执勤人员。"

"是!"

皇太子妃劫持事件后全国的盘查所都在连续工作,所以案发当天盘查所内的执勤人员也还在工作岗位上。小森找到组长后,将电话转交给田中。

"组长,您辛苦了!我是特别侦查总部的田中警视正。"

"我们有什么辛苦的……请问您找我有什么事情?"组长的声音中满是紧张。

"我想问问紧急警戒令下达当晚,你们抓住了一个酒后驾车的人,还有印象吗?"

"当然了,是个年轻人……名字叫桥本什么的。"

组长连酒驾者的名字也背了下来。

"怎么会连他的名字都记住了呢?"

"因为那天有突发事件。我们正在执勤盘查的时候,大概停了有五六辆车。他本来在排队,突然"唰"地一下掉转车头朝着相反方向冲出去了。幸亏当时我们已经发动了巡逻车,就下意识地开着巡逻车去追,谁让咱是紧急工作状态呢。我们闪着警灯,像离弦之箭一样追上去,他可能到底还是缺乏自信,紧接着就把车停了下来。"

组长自豪地啰里啰唆讲了一大堆废话,田中没有不耐烦,只是静静地倾听。组长没听到田中的附和声,干咳一声,然后接着说道:"我们先把他带到盘查所确认了驾照,然后检测饮酒程度,并不是很严重,距离法定的标准线还差一点。原本可以对他教育释放的,可他又有逃逸的行为,就先登记下来了。"

"然后呢?"

"我们让他洗脸,还让他做了深呼吸,然后就教育释放了。因为他想自己开车走,所以重新检测了饮酒程度,结果发现确实在规定线以下，就让他走了。"

"嗯……"

组长理直气壮地汇报了自己处置的结果，田中却低叹一声。

"警视正先生，您别担心，肯定是没超过饮酒标准线，我们才让他通过的。"

田中惋惜的声音打断了组长自以为是的话语。

"这期间过去的车大概有几辆?"

"这期间?"组长话一出口，突然变得怪怪的，似乎被田中询问的事情卡住了舌头。

"过去的车……可能有十辆吧。不对，也许没那么多……"

"这期间通过的车辆没进行盘查吧?"

"是的，我们全都追那辆车去了，就是那个酒后驾车的人。不对，不应该说是酒驾，应该是逃逸车辆。看见盘查就跑的车，不是理所应当地要去追吗?"

"……"

田中陷入了沉思。

"警视正先生! 有什么问题吗?"田中的态度让组长不安起来。

"不，没有，你们是在认真工作。"

挂断电话，田中的脸上掠过一阵怪异的期待。

"小森，现在接通奈良盘查所。"

"是!"

小森刚才在一旁听着田中打电话，觉察到田中有所期待，他马上给奈良警察局打电话确认盘查所，叫来当时的执勤组长，然后把电话交给田中。

"不，你来确认，我要想些事情。"

"需要确认什么呢?"

"确认桥本这个人被当做酒驾抓到时的情况。"

真是怪事，奈良盘查所中发生的事情与静冈盘查所如出一辙。年轻的酒驾者突然掉转车头，执勤人员开着巡逻车追赶，他马上停车请求宽大处理。后来发现酒测值没有达到规定，本可以放他走，但考虑到他有逃逸行为就记录在案了。

不知怎的，小森还没挂断电话就朝合上眼睛的田中望了过去。

"行了，挂了电话，找京都盘查所确认吧。"

小森从京都盘查所也听到了相同的回答，不由自主地叫了起来。

"啊！不，竟然是这么跑掉的！"

小森又去死死地盯着盘查日志看，为自己发现不了这种异常羞愧不已，同时也不得不佩服田中的观察与推理能力。

"对不起，警视正先生！我太笨了……"

"这个地方不容易察觉。"

"不过桥本他的住址在东京。"

"你马上率领刑警把这个桥本带过来，绝密。"

"他会是罪犯吗？"

"如果能带过来，就应该不是。"

"是！"小森的声音中带着久违的力量。

田中立刻去见侦查部长，冷静地说："部长，罪犯似乎隐藏在关西地区，警方的搜查应该集中到这个方向。"

"什么？你说是关西？"侦查部长吓了一大跳。

"总之，罪犯确实是从东京南下，途经静冈和奈良去往京都方向的。"

"你这推测有根据吗？"

"错不了。"

侦查部长无法从罪犯藏身东京一带的想法中转过弯来，很难相信田中所说的话。

"你说说看。"

"在案发当日的盘查日志上，那个叫桥本的驾车者被静冈和奈良，还有京都盘查所记录为酒后驾车，据说他的饮酒量距离标准值还差一截。"

"你说酒后驾车？"

"对。"

"这和皇太子妃被劫持有什么关系？"

"一个驾车者在相距甚远的三个地方连续被记录为酒后驾车，而且三次都是还差一些才达到酒驾判定标准值。"

"这有什么可大惊小怪的？一个喝醉酒的家伙沿着国道行驶，完全有可能被三个地方抓住吧？"

"有这种可能。但是，就算第一次不知道，那第二次、第三次接受盘查的时候酒也该醒了。可他饮酒量很少，又从第一个设卡地点开始就跑得远远的。"

侦查部长想了一会儿，接着问道："嗯，所以呢？"

"他一直保持着恰到好处的醉酒状态。换句话说，他随身带有酒精测定仪，连续驾驶的路上一直在喝酒却又控制在不构成酒驾的程度。"

"他为什么要这么做呢？"

"这是劫持犯们当晚所用的妙计。也就是说，他们用两辆车劫持皇太子妃，前一辆车上是把酒喝到勉强够达到查处标准的罪犯，后一辆则是劫持皇太子妃的罪犯乘坐的车辆。一到盘查所，前边车里醉得恰到好处的人掉转车头逃跑，而正在盘查的警官们就慌里慌张地去追这辆车。趁此机会，载有皇太子妃的车不经检查就通过了。酒驾的犯人把车开出几百米后停下，这期间过去的只有区区几辆车。这其中就包括载有皇太子妃的车，执勤人员却放过了这辆车。这是劫持犯们的手段。"

"虚虚实实啊，我做了三十多年的侦查工作，还是头一回碰到这样的人。"

被猝然带到警视厅的桥本不明所以，一脸茫然。他的眼睛不停地眨，黑粗框眼镜戴了又摘，摘了又戴。

"什么？我酒后驾车了？还是在静冈？"

"所以才把你带来不是！"

"这是怎么说的？那时候我在东京啊。"

"你有不在场证明吗？"

"当然了，那天我正在家里和学校的朋友们聚会呢。"

"驾驶执照给我看看。"

"什么？驾照？"桥本的声音突然变小了。

"没有吗？"

"借……借出去了。"

"你说什么，借出去了？借给谁了？"满怀期望的小森提高了音量。

"……"

"快说，要不然就把你当劫持犯抓起来。"

"劫持犯？我劫持谁了？我把驾照借给一个叫金广的朋友了。"

"什么？金广良昭！"

"对，是他。"

侦查总部正为探明三个女人所说的金广良昭的身份大伤脑筋，现在桥本口中说出了同一个名字，一下子炸开了锅。

小森马上拍摄了桥本的照片发到三个盘查所，但盘查所的工作人员们都说不是当晚酒驾者的面孔。

给盘查所打电话的小森火冒三丈，大喊起来："喂，你们这群大草包！难道你们连驾照照片和司机的脸都不做对比吗？"

盘查所组长的声音颤巍巍的："当时驾车者戴着黑粗框眼镜，看不出跟驾照照片不一样，对不起。"

"住口！等着监察调查吧！你们这样的家伙也是警察？"

"你这样说话太失礼了，劫持犯能不做这种准备吗？他应该是对着桥本的照片做了些恰当的伪装。"田中走上前来制止小森，然后接过电话安慰了盘查所组长一番才挂断电话。

桥本在陈述中自称是东京大学文学系的助教。据他所讲，金广良昭自我介绍说，他从早稻田大学毕业后打算考取东京大学的研究生，所以经常来文理大图书馆学习。桥本和金广良昭大约从六个月前开始在一起讨论和喝酒，关系逐渐亲密起来，后来当金广向自己借驾照的时候丝毫没起疑心。

"他用什么理由向你借驾照的？"

"他说要借书。"

"他自己的呢？"

"说丢了，还没去申请补办。"

"现在还说这种话？你就不怀疑吗？你也是共犯吗？"

"怎么说话呢！我为什么要劫持皇太子妃！"

"快说，你和这个叫金广良昭的家伙在一起见过些什么人？"

"金广良昭其他的方面我不了解，他好像没什么特别亲近的朋友。"

"喂，你好好冷静地想想！如果这么不配合，马上把你抓起来。"

因为意外情况而惊慌失措的桥本过了一会儿又开口说道：

"现在回想起来，我想到了一个人。有一次金广良昭在校园里和另一个人在一起，那人年纪大概四十出头，为人十分谨慎，历史知识相当渊博，给人留下很深的印象，后来金广良昭称他是自己的精神导师。"

小森的眼睛亮了。

"精神导师？他的职业是……"

"看不出是什么职业。他看上去是那种温文尔雅的人，又很有自己的鲜明立场，人到中年一点儿没发福，看来没放松身体锻炼。"

"那他的职业到底是什么？"

"我不知道。"

"你知道他住的地方吗？"

"可能住在京都。"

小森一下子来了精神。

"为什么这么认为呢？"

"那天我们在学校里见面聊了一会儿，然后挪到附近的酒馆。喝了几圈酒后，金广良昭问他'明天是不是要去京都'，我感觉他可能住在那边。"

小森立刻望着田中点了点头。倘若是京都，正是案发当日嫌疑车辆通过的地区，可见罪犯熟知京都或者附近的地理情况。

"那间酒馆叫什么名字？"

"东京大学附近的赤门。"

侦查总部以桥本的陈述为基础火速完成了共犯的合成图，刑警队紧急出动，拿着图像前往东京大学附近的酒馆和早稻田大学学籍科，但没有找到认识罪犯的人。

"现在让我回去吧。"

"什么？罪犯抓捕归案之前，你都要待在这里！"小森的呵斥让桥本一哆嗦，有些畏惧。

这时，田中插话说："桥本君，万一金广良昭和你联系的话，你要马上告诉我们，你能保证吗？"

"当然。"

"金广良昭骗了你，他劫持了皇太子妃，你必须配合我们。"

"我保证。"

"还有最后一个问题……"

"什么？"

田中略微停顿了一下，抛出了一个意料之外的问题："金广的口才怎么样？"

"什么？口才？"

"对，是能言善辩，还是迟钝木讷？再或者……"

这时，桥本突然打断了田中的话，大声说道："哦，是有一点儿奇怪！"

"什么地方奇怪？"

"刚开始他的话讲得不好，也不大讲话，不过后来却说得非常好。他提高得太快了，我还是第一次遇到这样有语言天赋的人呢，能在短时间内掌握大量词汇。"

田中了然似的点了点头："回去吧。"

"谢谢！"

桥本被田中斯文的语气和谦逊的态度所打动，鞠了好几次躬才回去。

四个人的陈述

桥本回去后，田中低头沉思片刻，拨通了侦查部长的电话。

"请您召开一次紧急会议。"

"紧急会议？你说是侦查会议吗？"

"不是，是绝密的高层会议，只有警视总监、警视监、部长参加。"

"好吧，查到了什么？"

侦查部长突然压低了声音。

"会上我将向各位汇报。"

"嗯，知道了。"

侦查部长发出召开高层秘密会议的邀请后，警视总监、警视监、侦查部长在总监室急切地等待着田中。

"禁止任何人进出。"

田中吩咐小森后，连向新任警视总监正式问候都没顾得上，立刻开始介绍情况："罪犯不是日本人。"

"你说什么？"

不单单是侦查部长，警视总监和警视监也异口同声地惊呼起来。

等到这三位的惊讶情绪平复下去，田中冷静地解释起来："在三名女性的口供中，都提到了一个细节，这对掌握罪犯的真实身份大有裨益。"

"什么细节？"侦查部长迫不及待地问道。

"三名女性共同指出劫持犯曾经词汇量匮乏。"

"词汇量匮乏？"

"是的，三名女性的陈述完全一致，而这一点在桥本那里也得到了确认。值得注意的是，三名女性和桥本都说罪犯的词汇量在短时间内迅速提高。"

"……"

侦查部长瞪大了眼睛，紧紧盯着田中的嘴巴。

田中缓慢但又坚定地说道："我判断罪犯是外国人。"

"啊……"

警视总监、警视监、侦查部长惊住了，完全没想到。侦查部长本能地环顾四周，这话若是传到记者耳朵里非同小可。如果真是外国人劫持了皇太子妃，警方将面临更加猛烈的抨击。

"田中，你有把握吗？这关系重大。"

侦查部长的呼吸停滞了。案件几乎全部依托于田中，而田中现在所说的话又比原子弹更危险。

"稍后我会去法务省出入境管理办公室确认。由于保密工作至关重要，所以我还没有去确认，而是先向各位汇报。万一走漏风声，不慎牵扯到政治的话，警方最后就会成为替罪羊，而且皇太子妃的人身安全问题也将更加棘手，所以希望各位务必分外小心。"

说完之后，田中一脸决然地起身离开了座位。既然已经向警方高层断言罪犯是外国人，拿不出结果的话非同儿戏。

"小森，备车。"

"是!"

"去那三个女人家!"

吉子见田中来到自己家顿时惊喜交加。惊的是自己刚被放回来刑警又找上了门,喜的是来的刑警是田中,他和其他刑警不一样,总是那么斯文谦逊。

"吉子小姐,有件事迫不得已想拜托你帮忙。"

"好的,我会全力配合。"

看到里美和美智子已经坐在车里了,正要上车的吉子十分开心,三个女人已经建立起了感情纽带。汽车上路后,田中小心翼翼地开口说道:"现在我们的面前可能埋伏着一个非常可怕的事实,需要各位为本案来确认这一事实。"

神色紧张的三个女人听完田中的话使劲点头。

"还有就是,比事实更重要的一点就是保密。"

"保密?"

"对,要绝对保密,任何情况下都不能开口。"

"知道了,看到八卦杂志上关于皇太子妃的报道,肺都快气炸了。"

"这件事可不仅如此,有可能引发更严重的事情。"

三个女人看到田中的表情极其严肃认真,都闭上了嘴,等待田中接着往下说。可是,田中再没多说一句。

近两个小时后,一行人抵达成田机场。

"哎呀,这不是机场吗?"

"是的。"

"为什么来这里呢?要去国外吗?"

"不是。"

三个女人跟着田中下了车，田中率先向机场的法务省出入境管理办公室走去。

"我是从警视厅来的，要查看出入境管理记录侦查毒品案件，收到协助公文了吧？"

"是的，正等着您呢。您要查看一年前到现在的所有入境的外国人？不对，是中国人和韩国人的记录对吗？"

"对，和日本人外貌最相似的外国人只有中国人和韩国人。"

法务省工作人员虽然不能完全领会田中话里的意思，却还是露出了亲切的笑容。

"这些女士是……"

"她们是来进行确认的，只给她们看照片就可以了，就是扫描的护照照片。"

"好的。"

三个女人坐在出入境管理总部准备好的座位上，凝视起电脑显示器。这并非什么难事，只是需要确认的照片数量庞大，所以直到深夜工作也没有结束。幸亏三个女人可以分着来看。

里美盯了很长时间的显示器，脖子很疼，就一边休息一边伸懒腰，目光偶然瞟到了吉子的显示器上。

"啊！那是什么？"

里美突然大叫一声，一下子站起来。

"怎么了？"

"刚过去的那个，不是金广良昭吗？"

"你说什么？"

"那个人很像金广良昭，乍一看很像！"

"难道……我没看见？"

"不对，明明就很像，再倒回去看一遍嘛。"

"请倒回去看看。"

听到里美的叫喊，田中走过来低声说道。吉子将信将疑地切回到之前的画面，三个女人顿时惊呼起来。

"天哪！"

"是金广良昭！"

一片爱恨交织的声音。

"对，就是这个人。"

美智子确认无疑的声音传入耳中的一瞬间，田中深深捏了一把冷汗，这是看似毫无破绽的案件开始解开谜团的一刻。

稍远处翻看杂志的法务省工作人员一走过来，田中就给三个女人发出信号，自然是让她们不要开口。

"您已经找到了吗？"

"是的，多亏你了。"

小森在一旁见到法务省工作人员敲击键盘查询金广的个人信息，迅速誊到手册上。

姓名：彭怀德
国籍：中华人民共和国
住址：江苏省南京市江宁区万安东路88号
职业：南京大学人文学院日语系毕业生

法务省工作人员看着小森奋笔疾书，向田中问道："还有其他需要帮忙的地方吗？"

"是的，还有一件事需要帮忙。"

田中像是要压制住兴奋的心情似的，用手使劲指着显示器中呈现出的金广良昭照片，发出的声音有些瘆人。

"这个人是持什么签证入境的?"

"我来确认一下。"

法务省工作人员偷偷望了望满脸惊讶的三个女人,坐到了电脑前边。

"他持可延期的一年期签证入境,是作为文部科学省奖学金获得者进入一桥大学攻读研究生的中国学生。"

"啊? 中国人?"

三个女人听到金广良昭是中国人后大喊大叫起来,小森忙把手指放到嘴边,防止她们再发出声响。

"嗯!"

到了要解开所有谜团的时刻,现在只要前往一桥大学学籍科翻一翻个人信息,抓捕就只是时间问题了。学籍簿、导师访谈记录、同学们能反映的信息可不是护照所能比拟的。

田中努力控制住兴奋之情,脑中浮现出侦查部长的面孔。还有警视厅长,不,不只是他们,还包括警视厅所有忍辱负重的工作人员以及天皇陛下、皇太子殿下、日本国民的狂热欢呼,所有这些全都一下子出现在脑中。就在这个时候,法务省工作人员的一句话仿佛晴天霹雳一般击穿了他的耳膜。

"这个人前天出境了。"

"什么? 出境了?"

小森嗓音嘶哑。

"什么意思? 不可能啊。"

"千真万确,这里的出境记录栏中还写着护照号码,您看看,和入境时是同一个号码。如果您愿意,我们可以用法务省的名义向您提供出境确认书。"

"他去了哪里? 中国?"

"不，是美国纽约。"

"纽约？怎么会这样！"

田中又一次怀疑自己听错了，出境了，还不是中国，而是美国。这么说皇太子妃也一起离开了吗？不，这不可能，罪犯不可能在出境审查现场胁迫皇太子妃。田中冷静地注视着显示器。

金广良昭已经离境的文字仿若钉入田中双眼的坚固螺丝，一边不停转动一边逐渐旋紧，直到完全固定。

"唉，只差了两天……"

田中怅然若失，口中不由得流露出有气无力的声音。简短地向法务省工作人员致谢后，他离开了机场。在车上，田中拨通了警视厅的电话。

"已经得到确认，金广良昭是中国人。"

"啊，天哪！"侦查部长大叫一声。

"本名彭怀德，中国籍男子，年龄二十七岁，南京大学毕业后作为文部科学省奖学金获得者，在一桥大学研究生院留学。"

"确认无误吗？"侦查部长重复问道。

"我带着那三个女人去成田机场出入境管理办公室亲自确认过。"

短暂的沉默过后，侦查部长十分苦恼地说道："出入境管理总部也知道这件事吗？"

"保险起见我没去总部，而是去了机场办公室，假装查毒贩。但是，有一个坏消息。"

"什么消息？"

"他已经离开了日本。"

侦查部长再一次惊呆了。

"那皇太子妃殿下呢？"部长刺耳的嗓音划破了空气。

"在日本。现在请您马上派刑警队去一桥大学了解与彭怀德这个名字有关的所有事情，我也从这边过去。"

田中赶到一桥大学的时候，数十名刑警已经在整齐划一地等他了。

"没有一个人认识叫彭怀德的人。"

"什么意思？他不是这里的研究生吗？"

"那个……他在这里的研究生院登记了，不过既没有出勤记录也没有上过课。留学只是他来日本的手段而已。"

刑警队长递过来的学籍簿，上面的个人资料跟出入境管理办公室提供的相差无几。

"文件上所写的日本境内住址也确认过了吧？"

"这是租赁用one-room地址，房东说彭怀德从来没去过。"

"那他怎么知道这个地址的？"

"房主说自己在网上登过租赁信息，学生们大多是上网看到后和他联系的。"

田中又深深地倒吸一口冷气。

田中迈步重返警视厅，直奔警视总监、警视监、侦查部长正望眼欲穿等候的总监室。听完田中的汇报，领导们把重点集中到皇太子妃身上。

"如果说劫持犯已经离开了日本，是不是需要考虑最糟糕的情形了？"

警视总监的声音颤抖。所谓最糟糕的情形，意味着罪犯杀害皇太子妃后逃跑。总监又接着自言自语：

"那样的话该怎么办啊？"

田中摇了摇头说："也许皇太子妃是安全的。"

"怎么？他不是有可能杀害皇太子妃后逃跑了吗？"

总监听了田中的判断，不愿舍弃希望的同时，又用怀疑的目光盯着田中，似乎在提醒他不能无视最坏的结果。

"是日期，劫持犯前天晚上才离开日本。假如劫持犯的目的是杀害皇太子妃，应该在现场动手或者作案后马上出境。"

总监此时才明白了似的点了点头，警视监和部长亦然。

"那他为什么不回中国，却去了美国呢？"

"关于劫持犯的离开，有两种考虑。一种是犯罪进入了攻坚阶段，也就是说留下的共犯控制住皇太子妃；另一种则意味着彭怀德去美国是实质性的逃跑。"

"为什么放着自己国家不去，要逃到美国呢？是考虑到在美国比中国更安全吗？"

"是的，中国对劫持犯很严厉，没理由不全力抓捕罪犯。而在美国问题则不同了，美国政府会不会像中国政府一样竭尽全力还要打个问号，毕竟他们并没有责任。"

警视监用颤抖的嗓音嘟囔着说："应该告诉……内阁。"

然而，田中立刻表示反对："现在告知内阁不大合适。"

"为什么？"

"我们目前对劫持犯几乎一无所知，应该在掌握更准确的内幕之后再告知内阁。内阁也只能寄希望于我们警方，稍有差池可能会影响整个国家。"

警视总监一边点头，一边不停地自言自语："如果罪犯是中国人，那犯罪动机是什么呢？"

"我想可能是政治目的，也许……"

"也许什么？"

"我再考虑一下。"田中欲言又止地合上了嘴。

"田中，这么说你的意思是推迟向内阁报告，加紧展开侦查？"

"是的，既然查明了罪犯身份，就可以追查到更多的事情了。"

听到田中推测说皇太子妃安然无恙地身处日本，警视总监等三人似乎恢复了平静。

"保密工作最为重要，这部分工作就由侦查部长负责，杜绝向外部泄密。田中，你现在开始要做什么呢？"

"先要联系 FBI 掌握这个人的资料，这部分工作就有劳侦查部长了。我明天坐头班飞机去彭怀德的家庭住址所在地南京。如果知道彭怀德留学前在中国做过什么，也许作案动机就明确了。"

"那就这样吧，随时报告。"

"是！"

田中匆忙结束了汇报，再次赶往机场。

黑暗回忆的彼岸

　　田中从南京机场入境处一出来，就看到了写有自己名字的标牌。

　　"我是田中。"

　　"啊，您就是田中老师，您好！"

　　"哦，很高兴见到你。"

　　容貌清秀干净的翻译说得一口流利的日语。

　　"我叫唐蓓。"

　　"你在哪里学的日语？"

　　"上大学学的，我作为交换留学生在日本待过两年。"

　　"哦，原来如此。"

　　唐蓓是开车来的。田中原本想请人帮忙分别找翻译和司机，但热情的唐蓓却提议自己开车，这样能节省不少费用。唐蓓把车开到了市区的酒店。

　　"田中老师，日程安排非常紧，您一定很忙吧？"

　　"是的。"

　　"因为一般的日本游客都会先去洗桑拿哦。"

　　"……"

"我可以问下您是做什么工作的吗?"

"我是文部科学省的工作人员。"田中有意识地隐瞒了身份。

"原来如此,难怪您要先访问大学。我也很高兴,南京大学是我的母校。"

"是吗?太好了。"

田中到酒店放下行李,立刻前往南京大学日语系。

"我推荐彭怀德帮他拿文部科学省奖学金,出什么事情了?一桥大学通报说他缺勤,本来我也正担心呢。"彭怀德的导师一看到田中拿出了印着文部科学省的名片,目光中充满担忧。

"与学校没有关系。我们的工作是了解哪些学生获得文部科学省奖学金去日本,不仅是文件,还要直接与学生身边的人见面听听大家的评价。"

"嗯,这不会对彭怀德不利吧?"

"当然不会。"

"彭怀德同学是个内向的学生,虽然家境贫寒,却一直获得奖学金,在校学习也很努力。"

"他是否惹过法律方面的麻烦?"

"绝对没有。"

田中认为这些事情可以另行与警方确认,就详细地询问了彭怀德的大学生活。但是,彭怀德的周边找不到与本案有关的痕迹。

在大学校园获取本案情报的工作以失败告终,田中紧接着走访了南京公安局。由于东京方面已经发文请求协助,所以南京公安局特别安排了精通日语的工作人员积极配合。

"您说叫彭怀德是吧,我们这里正好有一份这个年轻人的祖父长期领取政府住院费补贴的记录。不过,彭怀德非常干净,没有丝毫污点。"

彭怀德不但没有犯罪记录，就连罚款记录也不曾有过。

"请让我看一看他的家庭情况与家属犯罪记录。"

"好的。"

工作人员盯着显示器看了一会儿，左右晃着头自言自语一般说道："没有犯罪记录，但是……他的父母很早就去世了，也没有其他兄弟姐妹……嗯，彭怀德的祖父经历曲折啊。"

"有什么曲折经历？"

"与其他领取政府医药费补贴的人比较，这个需要特别关注。尽管没有前科，却存在犯罪可能，所以留下了需要观察加以注意的记录。"

田中灵机一动，这是在彭怀德周边获得的第一条有价值信息。

"有犯罪可能？麻烦您再详细地说明一下。"

"不，不是犯罪，是经常出入精神病医院。"

"他有什么问题？"

"他经常一个人疯了似的大喊大叫。"

"大喊大叫？喊什么？"

"这里面没有写。可能是在广场之类的公共场所突然喊一些莫名其妙的话，大声叫嚷惊扰了群众，或者惊吓到妇女。如果您想了解详细信息，最好去医院查一查。"

田中掏出手册，把彭怀德祖父的情况全部记录下来，然后离开了公安局。

唐蓓去停车场取车回来，看见田中站在那里，利用等待自己的短暂时间认真盯着手册，还在上边写写画画。唐蓓觉得田中别提多像一个"工作狂"了，就开玩笑说："现在虽然是午饭时间，不过您一定不会吃午饭吧？这么宝贵的时间可不能用来吃饭哦。现在您打算去哪里?"

"我们去南京市立精神病医院。"

"好。"

彭怀德祖父的主治医生听说田中来自日本,表情立刻凝重起来。

"老人家已经去世了。"

"哦? 什么时候?"

"差不多有一年了。"

"死亡原因是什么?"

"有多种原因,但……可以视为一种老年病。患有精神病的话,整体健康状况好不了。"

"老人家怎么患上精神病的呢?"

"他有严重的强迫症,可能是紧紧纠缠于什么东西。"

"嗯? 什么东西?"

"一种记忆,过去的沉重记忆。"

"是类似心灵创伤之类的东西吗?"

"有些类似,但比这严重得多,永远无法摆脱,终身痛苦,必然会患上精神病……"

"什么记忆呢? 是老人一生都放不下的可怕回忆吗?"

"我也不知道,老人在医院也从没未开过口。"

"那就无法治疗了。"

"谈话治疗自然行不通,我们进行了药物治疗。老人的病非常严重,谈话治疗也解决不了什么问题,只能注射镇静剂,开些缓解紧张的药物,或者让他一直睡觉。"

"老人的孙子彭怀德同学知道这些吗?"

"当然,彭怀德对祖父的照顾无微不至,能让人感动得落泪，好像这个世界上的亲人只剩他俩了，那种相互依靠的感情世间少有……祖父去世后，彭怀德马上去了日本，现在可能孤零零一个人了吧。"

田中在精神病医院办完事，赶往彭怀德的家庭住址。

汽车一驶入江宁区，田中就去了事先联系过的教育局，有一名工作人员正在此等候。

"在日本留学的南京学生发生什么事情了吗？"在去彭怀德家万安东路途中，工作人员问道。

田中找了个还算合适的借口："没有，我们担心一部分中国留学生被留学黑中介欺骗遭受损失，想予以保护。"

"留学黑中介？"

"中介给部分获得文部科学省奖学金的学生寄信，信口开河说缴纳手续费就能把奖学金提高三倍以上。彭怀德是其中一名收到信的学生，我们文部科学省正在调查是哪家中介公司发的这种信。"

田中掏出了文部科学省的名片，工作人员热情地为他带路。

田中事先为彭怀德的邻居准备了礼物，工作人员道明原委，大家听了都很关心彭怀德。

"彭怀德在日本的学习还好吗？"

"是的，不过这些黑中介可能给他造成了一些麻烦，得赶紧抓住他们才行。"

"日本也有这样的家伙吗？寄给彭怀德的信全在这里了，不知道里边有没有这种信。这些坏家伙，为什么要这样对待善良懂事的彭怀德……"

邻居们在一起生活久了，亲如一家，田中打着关心彭怀德的幌子，看到了左邻右舍保管的彭怀德的所有信件。这些信件大多与案件无关，没有任何收获。然而，其中一封信的寄信人和内容却吸引了田中的目光。

收信人：彭怀德
地址：江苏省南京市江宁区万安东路88号
内容：关于南京大屠杀证言
寄信人：南京文化院院长

本文化院计划设立南京大屠杀纪念馆以永久保存南京大屠杀的真相。由于南京大屠杀时宝塔桥附近唯一的幸存者，即阁下的祖父已经过世，故期望采录阁下听闻的事情替代其本人证言。希望您能与本文化院取得联系。

南京大屠杀？

这封信引起了田中强烈的好奇，"南京大屠杀"和"宝塔桥附近唯一幸存者"的字眼似乎与皇太子妃遭劫持有关。田中让唐蓓把信件誊下来，然后抱着试一试的心态问道："彭怀德去了日本，不知道有没有行李之类的东西留下来呢？"

"有是有，不过新来的信单独放在这里，那边应该没什么了。"

一个邻居有点不快，还是拿来了装着彭怀德的书、笔记本、文件等物品的箱子。田中逐一细细查看，唐蓓在一旁打下手。田中没有发现可疑信件，正要合上箱子的时候，不同颜色的文字映入眼中。

"黑暗回忆的彼岸"。看到这本又薄又旧的笔记本封皮上钢笔书写的标题，田中立刻不由自主地伸出了手。

"这是什么？"田中问道。

唐蓓接过笔记本，前后翻了翻，若有所思地回答说："像是手记。"

"手记?"

这时，一个年轻的邻居补充说："彭怀德写得一手好文章，写的手记还获得过奖金。他在学校参加有奖征文比赛得过奖金。《黑暗回忆的彼岸》类似于一种日记。"

听到是日记，田中的眼中瞬间掠过了奇妙的期待。

"我能把这个也拿走吗? 好的话可以推荐日本大学文艺奖学金。"

"可以，您一定要帮帮忙，这个家境困难的孩子在日本太苦了，都是因为钱……要是这个能变成钱该多好啊。"

田中拿着笔记本告辞，刚出小区工作人员就问他："没有找到黑中介的来信，您大老远来一趟不是白跑了吗?"

"话虽如此……还是谢谢了!"

告别了工作人员，田中坐在回去的车上分析起目前为止在中国获得的信息。就现有的几条不完整信息来说，彭怀德必然不是为了钱财而实施犯罪。当然，就更谈不上什么因为钦慕才劫持皇太子妃了。

田中非常好奇彭怀德到底出于什么想法要来到日本劫持皇太子妃，他期待着这本靠欺骗手段才拿到的手记中会有线索。于是，田中把笔记本递给了唐蓓。

"这个能尽快翻译成日语吗? 另有重谢。"

"当然可以。"唐蓓轻松地答道，接过了笔记本。

皇太子妃应该读的三本书

外务省435号电文，怎么回想也想不起来。想不起来的东西越是想勉强抓住，就愈加烦闷，美惠子决定暂时放弃这个陌生的词汇。摆脱了435号电文牢笼的美惠子又专心规划起脱身大计。

美惠子透过窗户观察着房子的周边，心情又沉重起来。所有的一切都牢不可破，而且关押美惠子的房间和劫持犯居住的相邻房间借助一扇厚重的木门连接在一起。虽然对方现在睡着，但若有需要劫持犯随时可以通过这扇门冲进来。

"怎样才能从这深山老林里逃出去呢？"

美惠子的心又提了起来。破门砸窗或者穿墙而过之类的方法不仅无法依靠己力实现，也避不开罪犯的眼睛。

劫持犯身上能让人感到泰山压顶般的沉重，那种沉重绝对不是愚笨或者慢腾腾的"迟钝"，对方这种沉重之中蕴含着细心与温柔。美惠子极为好奇劫持犯身上迸发出的莫名坚韧源自何处。

美惠子认为若想逃脱，空间是一方面，时间的变数也要充分利用。假如没有时间变数，绝无可能凭借一己之力逃离这里。她要弄清楚对方活动的时间段。

另外，还有一个变数，就是外人来访。这一点很奇怪，劫持犯竟然彻底切断了自己与外部的联系。警方现在可能正大范围搜寻皇太子妃，这里却连个人影都见不着。劫持犯再怎么滴水不漏，也不至于没有一个外人来这里吧。这一点，美惠子怎么也想不通。

叮当当。

听到开门声，美惠子看了看表，下午三点。

这并不是罪犯惯常进出的时间。美惠子看都没看一眼，她不想流露出对罪犯现身的关注。

"看看这些书吧。"

劫持犯把三本书放到美惠子面前的桌上。美惠子看到书很高兴，但罪犯严肃的语气让她上了心。

"你的意思是不愿意看也要看?"

"对。"

"那我没法看。"

美惠子把视线从书上收回来。对于书，罪犯没有多说什么。

"另外，从明天开始这个时间最好做些运动。我不会监视你，但希望你能避免无谓的摩擦。"劫持犯用低沉有力的声音说道。

美惠子没接话，尽管心底渴望能出去呼吸新鲜空气，却忌讳对方施与的关照，即这种连监视也没有的关照。倘若美惠子对劫持犯给予的安排一一回应，恐怕就成了肯定其劫持行为的表现。

"时间是三十分钟。"

说完，劫持犯走了出去。正好是十分钟之后。

叮当当。

门重新关上的声音。这是逃跑要考虑的第一个要素，等到劫持犯的脚步声渐渐远去，美惠子静静地闭上眼睛整理起思绪。

"明天这个时间劫持犯再打开门的时候我出去做操，依劫持犯的性格来看，应该不会守在旁边监视。不过，他一定会在什么地方注视着，我可以在不引起罪犯注意的范围内散步，主要是转转房子周边，观察结构和周围的地形。还要深入了解车辆停放的位置和劫持犯如何保管车钥匙。对，车也是非常重要的因素，从山路逃跑的时候，事先一定得让汽车无法行驶才行，也可以扎破轮胎让汽车动不了。不过，鞋怎么办呢？"

美惠子低头望着皮鞋，还是去观看歌舞伎演出时穿着的外出高跟鞋，穿着它跑不起来。对于从没有光脚走过路的美惠子来说，光脚逃跑毫无自信。罪犯放在这儿的拖鞋在室内穿着很舒服，可是又不能穿着它逃跑。

美惠子的大脑中不停交替着乐观与悲观的想法。尽管如此，美惠子在考虑逃脱的时候能感到自己还活着。至少，她一直刻意违背劫持犯的意愿却依然存在。

独家新闻的陷阱

八卦杂志《PINK》的晴子爆出了有关劫持犯的独家新闻，一跃成为自由撰稿人的组长。正当她费心竭力追踪后续报道时得知美智子又不见了，立刻意识到侦查工作又有了重大进展。可是，她却找不到美智子。

"可能被警方保护起来了。"

"这不就意味着美智子知道了警方需要保密的极其重要的信息吗？"

"可以这么说吧。"

"没有办法联系到美智子吗？"

总编还想继续爆料，就和晴子碰头一起谋划见到美智子的方法。

"听说她每天会给家里打一通电话，只是问候而已，说自己很好，不要担心云云。"

"会有好办法的……"

"如果我去美智子家直接等电话呢？"

"接倒是可以接，但是警方在监听电话，如果美智子说了什么奇怪的话，电话会被立刻掐断吧？"

总编在这方面看得很透，知道事情会怎样发展。

"我用暗号怎么样？"

"暗号？"

"对。"

"什么暗号？"

"学生时代我俩有专用暗号，叫'指鹿为马'，就是所有的话全都反着说，这样人们发现不了。"

总编兴奋地说："指鹿为马？加油，晴子小姐。"

这天晚上，晴子在美智子家等电话。电话一来，美智子的父母马上把电话转给晴子。

"美智子，是我，我们来玩好久没玩的'指鹿为马'吧？"

"天哪，晴子，你说玩指鹿为马？"

"没给钱，很少一点，不是你的。"

美智子想了一会儿，随即轻车熟路地接着说："因为啥事儿也没有？"

"不，不需要你。"

"不知道需要什么？"

"为什么只在家呢？"

"因为日本人和韩国人。"

"你是说三个中不是两个？"

"错了。"

"他是警察？"

"错了。"

美智子好像突然有什么事情，挂断了电话。晴子若无其事地向美智子的父母平静告辞，离开了美智子家。

晴子一上车，车里等候的总编马上问晴子："怎么样？成功了吗？"

晴子没有回答，而是搂住总编的脖子笑个不停。

"呵呵呵，谁也没有察觉，美智子马上就听明白了。"

"是吗？美智子说为什么被警察留下了吗？"

"真是可怕的消息啊！"

"什么东西？"

"劫持犯是中国人。"

"什么？你再说一遍。"

"我说劫持犯是中国人。"

"千真万确？"总编再次确认。

"她是这么说的。"

这可不是可以稀里糊涂乱写的新闻，想写成新闻报道的话消息是否属实至关重要。总编为了辨明真伪，表情严肃地追问晴子。

"你们用了什么暗号？"

"就是所有的事情都反着说。我这边说收到了很多钱，美智子马上听明白了，问我是不是因为有什么事情，所以我就说需要你。于是，她问我是否想要知道什么。我问她为什么不在家，她回答说不是因为日本人和韩国人。于是，我又问是不是三个中的一个，她回答说是。三个当然是说东方三国了，就是日本、中国、韩国。劫持犯不是日本人和韩国人，自然就是中国人了。这时，她马上挂断了电话，可能是旁边的警察示意美智子了。他们听不懂我们说的是什么意思，担心出什么事。"

"你没问问警方有没有逮捕劫持犯？"

"正要问呢，电话就挂了。"

"好，呵呵呵。"

总编抑制不住喜悦与欲望，笑容满面。现在只要印刷机连夜运转就大功告成，总编一想到这里就乐不可支。

次日清晨，上班路上的日本人大吃一惊。因为，八卦周刊《PINK》推出了特别版，醒目的标题是《皇太子妃劫持事件的罪犯系中国人》，新闻如下：

经过警方坚持不懈的追查，发现劫持皇太子妃的罪犯其中一人系中国人。本刊通过独家渠道了解到目前警方已经掌握了这名中国人的真实身份，正在跟踪调查，而犯罪动机还没有结论。另一名罪犯是否同为中国人尚不清楚，但似乎也有这种可能性，因为正常的日本人没有理由劫持皇太子妃。

头条新闻下面照旧延续着狂热的煽情和唯恐天下不乱的虚妄恶意推测。

皇太子妃现在可能处境十分艰难，中国人不似日本人那样对皇室充满敬意，完全有可能践踏年轻美丽的皇太子妃。若果真如此，滞留日本的中国年轻女性将非常危险，很可能遭到右翼暴徒劫持、强奸或者杀害。

日本政府也许会坐视不理。最糟糕的情况是，两国会爆发外交冲突，然后事态是否会朝着无法预测的方向发展，引发局部战争？

即使中国罪犯没有强行践踏皇太子妃，孤男寡女身处狭小的藏身之地，也有可能自然而然地引发本能反应。当然，皇太子妃端庄稳重，纵然罪犯有需求……

《PINK》销售火爆，日本人看到这些恶心的煽情报道后热血上涌。实际上，这家杂志社的报道引发的冲击波是核弹级的，或者说，它将日本的自尊心激发到了一个无法用任何语言描绘的程度。

具有讽刺意味的是，民众激昂的愤怒情绪首先瞄准了《PINK》。

"先打死这群亵渎皇室的杂碎！"

日本民众认定这些诡异的语句损害了皇太子妃与皇室的尊严。于是，有人将愤怒付诸行动，到杂志社围攻总编，将他的八颗前牙全部打落，打得他血肉模糊才勉强逃脱；晴子也被皮鞋踹得哭天喊地，办公室被一把火点燃，刺鼻的黑烟四处弥漫。

"OVER TIME" 的含义

田中在中国度过一晚，次日便致电上海的日本领事馆查找彭怀德的签证文件。考虑到南京没有日本领事馆，彭怀德必然要通过上海领事馆获取签证。

果然，彭怀德是在上海拿到的签证，他的签证文件上有三个担保人。但是，担保人身份栏中写着的全都是大学教授，而且还是彭怀德曾经就读的南京大学的教授。

田中苦笑，彭怀德周围所有可能找到线索的地方查了一圈，却没有一条可以与他的罪行产生直接联系。现在，只能寄希望于拜托唐蓓翻译的手记。

"我和几个朋友翻了一个通宵。"快中午才到的唐蓓一脸疲惫，把手记递过来。

"辛苦了，今天就休息休息吧。"

"不，可以去昨天想去的文化院，也不远。"

"谢谢你。"

唐蓓虽然很累，还是热情地带着田中去了南京文化院。

文化院负责人望着田中递过来的文部科学省名片，表情多少有些惊讶。然而，当田中拿出文化院寄给彭怀德的信时，负责人使劲点了点头。

"彭怀德在日本？什么时候回来？"

"这个不清楚。"

"嗯，那要书面获得证言吗……"

"我对历史有些不太了解，想请教您几个问题。"

"请讲。"

"南京大屠杀是怎么回事？"

那位负责人没有回答，只是惊讶地默默注视着田中。田中觉得气氛有些怪异，干咳一声，负责人一脸肃然地问道："你是真的不知道，才这样问的吗？"

"是的……我的问题有什么不妥吗？"

"哼……"

负责人诘难似的把视线移到田中递过来的文部科学省名片上，脸上写满了蔑视，语带不屑地开口说道："身为日本人怎么会不知道这个呢？何况还是文部科学省的官员。我最后问一次，你真不知道吗？关于南京大屠杀。"

"我真的不知道。"

"哼，那你怎么会拿着这封信到这里来呢？这信是哪儿来的？"

"是彭怀德的邻居给我的。"

"那我就来说明一下，南京大屠杀就是日军肆意屠杀三十万南京市民的事件。知道了吗？"

"嗯……"

田中不想刺激突然之间火冒三丈的负责人，就像果真理解了一般柔和地问道："这么说起来，彭怀德的祖父是宝塔桥附近村子唯一的幸存者，意味着日军杀光了全村的人，他独自一人在那个地方活了下来？"

"对。"

田中的表情顿时凝重起来，突然担心起皇太子妃的处境，他一直认为皇太子妃是安全的。

田中始终认为罪犯没有直接在犯罪现场杀害皇太子妃，而是花费力气把皇太子妃转移到关西地区，再结合彭怀德离开日本的日期来看应该没有杀人企图。然而倘若把彭怀德的劫持动机与南京大屠杀联系起来的话，那劫持目的有可能是报复，接下来也许会杀害美惠子。应该说这种可能性很大。

"彭怀德的祖父背负血海深仇，那他会不会植入祖父的憎恨？这是最危险的……"

看到田中陷入沉思，负责人没好气地问道："田中先生你想知道什么呢？"

"我想了解些更多的情况，好帮助彭怀德同学延长奖学金。彭怀德同学对于祖父经历的事情有多少共鸣呢？"

"什么意思？"

"宝塔桥屠杀事件并不是彭怀德同学自己的亲身经历吧？这些事情有没有可能被夸大或者歪曲呢？"

负责人一脸正色地说道："岂有此理！彭怀德是中国人，只要是中国人，谁都不会忘记南京大屠杀。血淋淋的事实和历史容不得忘记，我想这种记忆永远都不会消失。日本从来不曾真心道歉，应当说即使是迫于某种压力道歉，也只是权宜之计。这是人类历史上最恶劣的大屠杀惨剧……"

田中发现就连翻译唐蓓也变了脸色，对他的态度发生了微妙变化。田中觉得南京大屠杀好像是一个容易让中国人痛楚的伤疤，一提起来每个人都怀有强烈的受害意识。这种局面下多说无益，田中于是就告辞离开了。

田中回到酒店后，拨通了日本警视厅的电话。

"喂，田中警视正，大事不好！"

田中打电话原本是为了提醒皇太子妃处境的危险性，反倒是侦查部长的语气更加急迫。

"出什么事了？"

"现在都知道罪犯中有一个是中国人了。"

"什么？没有保密吗？"

"不知道惹祸的爆料杂志《PINK》是怎么知道的。"

"嗯……"

"最后总监召开了新闻发布会，说罪犯中有一个是中国人，已经逃到美国了。"

"这也是没办法的事情。"

"目前一些日本国民群情激愤，极端人士认为罪犯可能是中国情报机构派出的特工。总监现在正要去内阁报告，你得赶快回来啊。"

"我这边还有事情。"

"现在的问题不是侦查，而是要向内阁和记者解释其中的过程。"

"我要在中国追查罪犯的踪迹，彭怀德这个人似乎比想象中危险得多……"

田中向侦查部长汇报了彭怀德的犯罪源自仇恨，其主要目标也有可能是复仇，然后挂断了电话。田中想，历经大屠杀九死一生，彭怀德的祖父才活下来，因父母早亡，爷俩相依为命。祖父对日本人的怨恨原封不动地投射到彭怀德的心灵深处，此次犯罪应该视作是这种情绪的延续。

田中现在确信彭怀德的作案动机缘自南京大屠杀。他的精神导师则起到催化剂的作用，毕竟是这个人给予了彭怀德精神鼓励和物质帮助，将他幼时起就怀有的茫然仇恨化为现实。

彭怀德的精神导师是谁呢？似乎应该先在中国这边找寻踪迹。田中揣测这个人心思缜密，计划周详，一定是个能力很出众的人。他单凭一己之力就可以完美地控制住皇太子妃，还让彭怀德藏身美国。如此看来，他具备相当雄厚的财力，能够毫不困难地将家境贫寒的彭怀德送往美国，又能在不引起任何人注意的秘密场所确保安全关押皇太子妃。

推理再三，田中把注意力集中到彭怀德一年前获得文部科学省奖学金这件事上。他总觉得这里面有蹊跷，一时又说不清楚。假如说彭怀德已经有了一个财力雄厚的搭档，他为了劫持皇太子妃才来到日本，那暴露一切去领取文部科学省奖学金的做法就不合常理了，所以……

田中非凡的大脑正迅速接近真相。难道他们筹划劫持皇太子妃的时间还不足一年？以此推断，他们是在日本相识，而后一拍即合。

田中继续展开推理。

从彭怀德获得文部省奖学金来日本这一点来看，他一开始是为学业，根本就没想到过要绑架皇太子妃。如果说他在日本居留期间有了犯罪的念头，应该是这个精神导师怂恿所致。精神导师很可能比彭怀德早到日本，非常了解日本。他能彻底隐匿在关西地区，意味着他十分熟悉这个地方的情况，那么……

直到此时，田中终于发现了另一条头绪。

精神导师如果在日本滞留时间超过一年，自然会进行外国人登记。想到这里，田中急忙给小森打了个电话，吩咐他彻底调查外国人登记簿，特别是重点调查关西地区的外国人登记簿。

到了酒店，田中拿着唐蓓送来的彭怀德的手记《黑暗回忆的彼岸》，去了酒店的桑拿中心。

出透一身汗，田中穿上外袍来到休息室，先喝了一瓶冰啤酒，然后坐到休息室的按摩椅上。他翻开手记，细细读起了彭怀德的手记，不想放过任何蛛丝马迹。

医院方面已经放弃挽救祖父的生命，听到医生说这样活着就该知足，我不禁泪如雨下。祖父今天还在念叨着"OVER TIME"。唉，这个如此强烈地支配着祖父黑暗回忆彼岸的"OVER TIME"究竟是什么意思呢？

手记中自始至终都是祖父的故事，田中可以清晰地感觉到祖父的黑暗回忆已经深深地浸入了彭怀德的内心。在这种环境下长大的彭怀德，必然饱受强迫症的痛苦折磨。手记的字里行间能感受到他清澈透明的心灵。

田中唏嘘不已，一个拥有清澈心灵的年轻形象在他脑海中鲜活起来。彭怀德背负着太多的历史痛苦记忆，年纪轻轻便郁郁寡欢。祖父临终前仍念念不忘的"OVER TIME"，一定寓意深刻，藏着刻骨铭心的秘密。

田中看完整本手记，又回到桑拿池，心情不由得有些沉闷，他打算撇开杂念把汗出透。

桑拿池的电视里正在播放西部电影《原野奇侠（SHANE）》，田中正好很喜欢这部电影，就来回泡了几圈冷水池，一直看到电影结束。最后一个画面中，少年几次喊着舍恩的名字。

田中毕竟是一名刑警，如果有案子留在脑中，就会把世界上的所有事物都和案子联系在一起。他看着电影，假设少年与舍恩的关系是否类似于彭怀德与共犯的关系。如果彭怀德将共犯视为自己的精神导师，那彭怀德对于共犯来说就称得上是一名珍爱的弟子。因此，应该是共犯成功实施劫持后让弟子去美国躲避了。

田中一边追逐看不到的罪犯们的踪迹，一边暂时闭上双眼，尝试着描绘彭怀德与他身后黑影般存在的共犯的模样。并非刻意背诵，田中的脑海中却清晰地浮现出手记里的最后一段话。

结束了。无论它是悲伤，或者诅咒，抑或是永远无法治愈的创伤，所有的过去都随着祖父的逝去而消失在黑暗回忆的彼岸。然而，我必须向着大洋彼岸的远方迈开脚步，现在去找寻那已然成为过去的"OVER TIME"不为人知的含义。

罪犯的阴影

当当当。下午三点，劫持犯准时打开了门。他的眼睛首先看向昨天放到桌上的书，在确认那本书保持着原样，根本就没翻动过时，他明显流露出不悦的神色。他的目光扫到皇太子妃的脸上。美惠子和他对视，没有避开他的视线。

"我在这么危险恶劣的情况下为了您的尊严竭尽所能，您为什么要刻意拒绝所有的一切呢？"

"不错，我绝不会做你所期望的任何事情，也不想做运动。如果你强迫我看书，我宁可再次绝食。"

"嗯……"

劫持犯犹豫了一会儿，斩钉截铁地说道："如你所愿，我也不会让步。"

劫持犯冷着脸转身离开了。这一刻，美惠子感受到短暂的胜利喜悦。然而，随着夜晚的降临，山林中又暗了下来，美惠子陷入了深深的挫败感之中。

"野蛮人！"

暗夜之中，美惠子一次次重复着对劫持犯的憎恨。饥饿可以忍耐，却无法抵御几天过去依然没有人来解救自己而带来的绝望。

最后，美惠子甚至想到了自杀，苦于没有合适的方法。榻榻米房间里只有一张床、一张桌子和两把椅子，连支柱都没有的房间里怎么自缢呢？那只剩打碎玻璃割脉或者咬舌自尽了，可这又是连想一想都厌恶的死亡方式。

"呜呜……"

皇太子妃遭劫持后第一次抽泣起来，对劫持犯的憎恶慢慢地转移到自己丈夫身上。

"我会一生一世尽全力保护你。"

这是皇太子让全日本女性发疯的求婚誓言，但美惠子心底却真的不大乐意这门婚事。在欢迎外国贵宾的酒会上，皇太子偶遇毕业于东京大学和哈佛大学的外交官美惠子，对美惠子一见钟情。皇太子还没有遇到过像美惠子这样才貌双全的女性，当美惠子到英国牛津大学研修时，皇太子简直快疯了。于是，他动用了一切力量去追求，美惠子却不顾身边无数人的好言相劝一次次郑重回绝。可是美惠子最终无法拒绝高层施加的压力，接受了皇太子的求婚。她饱受痛苦折磨时，此刻丈夫在做什么，她却一无所知。

美惠子胡思乱想了整整一夜。天色破晓的时候，她的视线落到劫持犯拿来的三本书上，但她控制住好奇心，再次下定决心打死也不看这书。

不过，重复的绝食与失眠终于使美惠子虚脱晕了过去。

"现在精神好些了吗？"

不知道失去意识多久，现在只觉得睁眼都费劲。眼眸中好像有什么模糊的图像，劫持犯的模样逐渐清晰起来，他正往美惠子的口中灌米汤。

"对不起，我没想到你会采取这样极端的行动。"

美惠子的嘴角绽开了微笑，自己赢了，现在劫持犯正向自己道歉呢。

"不要指使我做任何事情。"

勉强开口说话的美惠子面无血色，眼泪不知不觉在眼眶里打转。劫持犯只是默默地点了点头。

第二天下午三点，劫持犯一开门，美惠子就老老实实地走到了外边，虽然尚未恢复元气，呼吸着新鲜的户外空气却有说不出的畅快。美惠子边散步边环顾左右，决心下一个目标逃脱也一定要取得成功。

劫持犯遵守诺言没有现身，这一点反倒令美惠子更加不安，她需要先知道劫持犯在哪里，才能沿着下山的路跑下去。美惠子觉得如果先顺着山路向下跑一段，然后躲进树林，劫持犯也就找不到自己了。

如果是这样，鞋子就是鞋问题了。美惠子是穿着拖鞋走出来的，目的是降低劫持犯的警惕性。

"如果明天的散步时间换上皮鞋呢?"

高跟鞋同样不方便，更重要的是立刻就会引起劫持犯的注意。

"如果穿着拖鞋逃跑会怎样?"

仍然有些困难，美惠子担心这样自己最后根本跑不掉。

"难道我在无意识地拒绝主动逃脱吗?"

美惠子开始思考为什么自己会有这种想法。首先，不安感最为强烈，似乎无论自己用什么方法逃跑都会被劫持犯抓住。美惠子在歌舞伎剧院时起就体会到了劫持犯的胆大妄为和细致缜密，她觉得劫持犯绝不会对自己的逃跑放松警惕。

美惠子观察着屋顶之间的缝隙，应该有几十个摄像头，但自己一个也没发现，真是怪事。也许，看不到摄像头反倒是劫持犯在展示自己的自信与能力。

另外，美惠子不能放弃希望，她知道警方一定在千方百计地寻找自己。在此之前要小心行事，避免劫持犯采取极端手段。这也是警卫以前再三叮嘱过的。原则上来说，与其轻举妄动挑衅紧张状态下的劫持犯，不如一边引导进入安全的状态一边等待。

现在，最令美惠子动摇逃跑决心的却是劫持犯的态度。

"我之前一直能够拒绝劫持犯的指令，是因为他对我很宽容吗？万一他采用我无法拒绝的方法怎么办？"

美惠子十分清楚，劫持犯之所以接受了她的抵抗并非因为她有更优越的条件，因劫持犯所受的教育使他尊重女性，要表现得很有涵养。他赋予了美惠子保持尊严的权利，否则后果不堪设想。

美惠子害怕打破这种关系。倘若逃脱失败，这种关系无疑也将被打破，那样的话不知道劫持犯会变成什么样子。出于这层考虑，散步时间结束的时候，美惠子的逃脱欲望逐渐坍塌了。

已经超过了劫持犯提出的三十分钟运动时间，美惠子却没有回房间，她不想流露出唯命是从、一副家养小狗般温顺听话的模样。又过了几分钟，劫持犯出现了，美惠子脸上看不出是在等劫持犯，她把视线聚焦在远远望去的山路下边，注视着人迹罕至的道路。

"还需要些时间吗？"

"不用了。"美惠子不带感情地回答，接着，问出了心中曾经设想过的最坏结果。

"你也有可能杀了我吧？"

"……"

劫持犯没有说话。美惠子这时却有一种非常奇怪的感觉，依照劫持犯对待自己的郑重态度和他表面上流露出的品性来推断，理所应当地回答"NO"才是。美惠子的潜意识里也期待着这个答案，所以才会抛出这个极端问题。不过，对方的反应很怪异。美惠子虽然认为他的品性不会采取如此极端的行为，但在杀死自己这个问题上似乎也完全有可能做出不同的选择。美惠子有些后悔不该问他这个问题。

　　"我想回房了。"

　　劫持犯闪身让过。美惠子尽量不表现出感情的动摇，其实她心中却因恐惧而战战兢兢。她小心翼翼地迈开步子，不愿流露出内心突如其来的慌乱。

与天才的游戏

田中离开南京登上了飞往北京的航班，找寻给中央电视台打电话的人的踪迹是他要在中国完成的另一项工作。在中国公安部门的协助下，田中来到中央电视台约见了相关人士，曾经负责森首相专访的制片人回忆说，打电话的人讲一口流利的日语。

"通话有没有录音什么的?"

"没有，我们没想那么多。"

"打电话的人是否说，他怎么得知这是日本方面的阴谋?"

"我们没有工夫询问这些。当时正为了日本首相关于钓鱼岛的表述异常激动气愤，那个电话就打过来了，我们和主管领导部门商量后删除了这部分内容。"

出乎田中的意料，他在电视台一无所获。明知没什么意义，他还是拜托中国公安部门追查从日本打来的电话号码，然后返回了酒店。

"田中警视正先生，关西地区在日本居住时间超过一年，且年龄四十岁左右的外国人中没有发现可疑人物。桥本也无一遗漏地确认了所有相关外国人的照片，也没有收获，非常对不起。"

听了小森的电话留言。田中摇了摇头，尽管自己为了获取线索四处追寻，罪犯的轮廓依然模糊。田中想起了小森前段时间发的牢骚。

"线索和线索怎么就这么联系不上呢？就跟见了鬼似的，我们好像在和天才玩游戏啊。多亏有田中警视正先生，才能发现我们都忽视了的地方，要不然可能到现在还在训斥驹子呢。"

这回的案件侦查仿佛剥洋葱一般，剥开一层还有一层，小森苦不堪言，田中如今的心情也和小森一样。劫持犯没有留下一丁点儿可以突破的漏洞，好不容易查出了彭怀德，却是在他已经逃到美国之后。

田中集中全部精力，再次陷入沉思。

"我现在漏掉了什么呢？"

大屠杀与战役

田中觉得自己在中国已经做完了所有能做的事情，立刻上了飞机。在中国的每一天都让田中感到极度疲劳，难得能在飞机里沉沉地睡一觉。一睁开眼睛，发现已经到了成田机场，田中苦笑起来，在中国的时候舍不得时间睡觉，全力以赴追查却没什么发现。不过，劫持的背景是南京事件，能够确认这一点也算一大收获。田中出机场后没有回警视厅，而是去了东京大学方向。

毕业后好久不曾回来，田中在去母校的路上颇有些感慨。虽然自己在法学院就读的时候专注于法律与规范，但他正是在这里树立了一直支撑自己的基本价值观与哲学。对他人的信任，对文明的坚信，都是在这里获得的。当时的价值观成就了田中一贯的侦查原则，他至今在任何案件侦查过程中都不会强压人权或者亵渎他人。

田中去了教授中国历史的朋友山崎教授的研究室。山崎教授是一位非常权威的学者，也是初高中教科书的编者，能够给出关于南京事件最准确的知识。

"哎哟，田中，经常听到你的威名啊。"

"一个刑警怎么敢同东京大学教授的大名相提并论呢?"

"你这人,别这么说。其实我在学校也是庸庸碌碌,还真想像你一样活得充满热情,经过艰苦卓绝的侦查,把罪犯绳之以法的时候说着'你有权保持沉默,但是你所说的一切将成为呈堂证供……'对吧?"

"好了,山崎,别闹了,帮我个忙吧。"

"什么事?你可是无事不登三宝殿啊。"

"有个案子牵扯到南京的历史,日本叫南京事件,中国人说是南京大屠杀。"

山崎点点头说:"嗯,是这样的。"

"当时真的发生了残忍的大屠杀吗?"

山崎没有立刻回答,盯着田中的面孔看了一会儿。

"因为罪犯是中国人,所以南京战役与皇太子妃劫持案件的侦查有关?"

山崎把中国人所说的南京大屠杀表述为"南京战役"。

"似乎是这样。"

"这么说罪犯是为了宣泄对过去这件事的仇恨而采取报复行为吗?"

"还没有得到证实,不过存在这种可能性。"

"那他是个被害妄想症患者。"

"被害妄想?"

"不是吗?所谓南京大屠杀,简单来说就是中国人的计谋。"

"什么意思?"

"从名称上来讲,他们所说的南京大屠杀应该称为南京战役。中日战争时期,我军要进入南京,中国人大举抵抗,没有乖乖投降。残兵败将和恐怖分子混杂在普通市民中反抗,给我军制造了很大麻烦。我们尽全力区分普通市民与抵抗分子，但哪有这么容易？在这个区分过程中牺牲了一部分普通市民，可是哪个地方的战争不是这样呢？"

田中看着山崎教授信心笃笃的面孔，日本的历史认识竟然与中国有如此巨大的差异，他多少有些意外。

"那为什么说这是中国人的计谋呢？"

"日本和中国本质上处于对立的位置。我们在大街上争吵的时候，心中只想到对方，而中国人却先把看热闹的观众拉到自己这边，然后开始指责对方的不是。南京大屠杀，就是把国际社会上的围观者拉拢到自己一方来打击我们日本的阴谋。"

"我们说战役，他们却说是大屠杀，到底哪一方才是正确的？"

"没有对错之分，他们按照他们的方式阐释吸收，我们按照我们的方式阐释吸收。"

"那所谓历史是什么呢？现代史应该如何记述？"

"历史是一种主张，把史实全部罗列出来后按照或大或小的顺序进行整理并非历史，历史就是站在某种角度上根据这一角度配置事物与现象。"

"这么说里边没有事实了？历史学者并不是记录事实的人？"

"记述历史是一种力量，记录下来的是充满力量的人的声音，学者是寄生在这一力量中的存在。"

"但是学者不还有信仰吗？就是至死不渝的学术信仰。"

"至死不渝的信仰派学者大多比较狭隘，他们的思想和行为都像自己掌握了真理一样，眼界却很狭窄。"

田中感觉山崎对于南京事件的解释实在过于片面。

"那山崎你自己做学问的哲学是什么呢？"

"我？我只是观察。与其不了解事实就信口开河，可能一生都默默观察的学术态度要好一些。"

"但是，对于南京事件，我觉得我们完全无视那边的情况，有机会的话你也有必要亲自去一趟中国，听听那些人的说法。"

田中起身离座，山崎也跟着站起来，再次强调说："对方是一名被害妄想症患者，皇太子妃的情况更加堪忧，那家伙不知道会做出什么事情。我也常常想起美惠子，现在不知道情况怎么样了，真让人揪心，她上学的时候多聪明多漂亮啊。目前还活着吧?"

"也许吧。"田中答道。

想到彭怀德已经去了美国，他又松了一口气。当然，也没有任何证据表明美惠子尚在人间，但田中觉得现在看管皇太子妃的劫持犯与彭怀德不同，这个人相对安全。田中不觉得如此大胆利落地劫持皇太子妃的人会单纯地出于谋杀目的而作案。根据目前收集到的情况来看，劫持犯可能正安安稳稳地坐在什么地方，等待着找上自己的那一刻。

劫持犯的内心

美惠子集中全部精力去回忆劫持犯所说的435号电文，自己的记忆中却没有这份文件。她进入外务省积累了几年经验后，所做的工作正是整理各种旧文件。刚开始的时候自己对整理外交文件的工作还挺感兴趣，后来渐渐讨厌起那股腐臭霉味，厌烦了去整理那些一碰就破的旧纸。

"美惠子事务官，谁也没法确认所有的内容，如果整理时连这种无聊的内容都要全过一遍，怕是要跟这些文件结婚了。所以，只要确认保存状态就可以盖章。"

负责这项工作的课长告诉她外务省工作人员们流传下来的要领。

"没必要拆包装确认内容，那样全破损了。这种东西就这么放着，给那些清闲的学者好啦。"

课长一秒钟也不能让美惠子独自整理文件，因为她不仅身份特殊，工作认真负责，还曾生气地顶撞过他。有一次，庆应大学的高桥教授匆匆忙忙扒拉了一通文件，将井然有序的文件弄得乱七八糟，看到工作人员们辛辛苦苦地收拾，美惠子心里很不快，直接去找课长质询。

"一个教授怎么能这么随心所欲地乱翻政府的文件呢？"

"美惠子事务官，你要理解，他是我们外务省委托的人物。"

"即便如此，他不也是平民百姓吗？能让平民百姓随意查看政府文件吗？"

就算美惠子用原则来反驳，课长也不肯松口。从此之后，美惠子就从这项工作中撤了出来，当时她还以为是课长照顾自己要筹备与皇太子的婚礼，不让自己太辛苦。现在回想起来，其中一定有隐情。

第二天早上，劫持犯拿着早餐出现时，美惠子挡在了他的面前，对罪犯为了那份435号电文劫持自己的说法表示强烈抗议。

"今天你不能就这么走了，你要告诉我作为劫持动机的435号电文的内容。"

劫持犯摇了摇头。

"你真不绅士，最起码不应该向我解释一下吗？"

"人们各自所处的位置不同，思想不同，价值观也不同。我可以说的是，我有充分的理由必须劫持你。在劫持你之前，我曾苦思许久，上百次、上千次地反复考虑这件事是不是真的需要这么做。之后，我就劫持了你。"

"和这个没有关系，我只想知道那份电文的内容是什么。"

"我也不知道内容。"

"你说什么？你劫持我是为了公开无从知晓的文件？"

"对。"

"但是，你总知道大概是什么内容吧？"

劫持犯点了点头。

"说啊！"

"我不能说!"

"为什么?"

"这是为了你好。"

"你在骗我,一边说为了那份电文劫持我,一边又说不知道什么内容,现在即使知道也不肯说。如果这不是欺骗,你必须说出来,是不是欺骗?"

"不是,但我绝不会说的。"

劫持犯的意志很坚定。美惠子叫住了正要关门出去的罪犯。

"等一下。"

劫持犯回头望着美惠子。

"我要沐浴,还需要几样东西……"

这种情况下美惠子面对劫持犯羞于启齿,但全身上下黏糊糊的,实在是无法忍受。

"抱歉,沐浴准备早就做好了,跟我来。"

美惠子一怔,接着跟上了劫持犯。美惠子从他的身上能感觉到莫名的信任,就放下心来,也明白从自己到这里的第一天开始,他就做好了万全准备,不仅可以沐浴,还备下了其他必需物品。

好久没洗澡,现在一洗神清气爽。洗净油乎乎的头发,用准备好的高级香皂擦洗全身,心情畅快地几乎忘记自己正被劫持。劫持犯甚至预备了好几种女性用品和内衣,不仅如此,还好心地挂着几套美惠子最为钟爱的棉质衣服,让她挑着穿。

刹那间,美惠子简直不敢相信这么细心的人会是劫持犯,也不愿相信斯文有礼的他竟然会犯下无法救赎的重罪。

美惠子从浴池回到房间,劫持犯没有现身。他所做的不单单是那些精心的安排,他也不想见到刚刚出浴的美惠子的脸庞。美惠子觉得劫持犯的这种举动是在帮助自己维护身为皇太子妃的尊严。

午饭时间，美惠子真诚地询问再次出现的劫持犯。

"也许，有我可以做的事情的话，我会考虑的。"

美惠子原以为劫持犯听到自己这么说会很高兴，然而，劫持犯立刻摇起头来。真是奇怪啊，在日本这个国家还有什么事情是皇太子妃办不到的呢？美惠子继续劝他。

"你劫持我肯定有什么要求吧？你把要求告诉我，如果有冤屈，我不也可以帮助你吗？"

但是，劫持犯这次还是摇头。美惠子顿时火冒三丈："你这样一味摇头就能解决所有问题吗？告诉我你想要什么。"

劫持犯把饭菜放到桌子上，面无表情地关上门离开了。

下午三点，是运动散步时间，美惠子决定一句话也不同劫持犯讲。从一开始美惠子就定下了原则，不能对劫持犯带有个人感情，在面对劫持犯的时候，绝不能表现得恐惧害怕和卑躬屈膝。

不过，美惠子现在却对劫持犯产生了恐惧感，这种恐惧来自劫持犯控制自己情感的想法。不夸张地说，劫持犯令美惠子安心，甚至产生信赖感。美惠子对其示好，劫持犯却拒绝了她小心翼翼表现出的好意。

突然之间，美惠子生起了自己的气。但从另一方面来讲，一言不发反而会暴露自己的这种心态，所以见到劫持犯后还是应该说点什么。

"为什么警方搜查队不来这里呢？"

"我在这里得到了大家的信任。"

一想到这些，美惠子突然陷入了绝望的深渊，推迟逃脱的唯一理由就是等待警方搜查队，但若劫持犯是一个地方的知名人士，那等待警方救援也就没有意义了。不过，美惠子努力掩饰住了这种绝望。

"真好笑，劫持犯竟然是一个地方的知名人士。"

运动时间结束后，美惠子回到房间又潜心研究起逃脱计划。如果警察来不了，靠自己脱逃又希望渺茫，强忍至今的伤悲涌上心头，美惠子很想放声大哭，却使劲忍着。假如警察永远都来不了怎么办？美惠子越想越得出一个结论，身为一国皇太子妃有义务逃脱！

"必须逃脱！"

美惠子果断地下了决心，紧接着又考虑起了鞋的问题。劫持犯在开门的一瞬间自然会留心自己穿的是什么鞋，如果出去运动时穿的是皮鞋，马上就会引起罪犯的警觉。真是可笑，脱身大计居然与小小的鞋子问题息息相关。

美惠子又想了一夜，眼前浮现出一个办法。在劫持犯开门之前提前把皮鞋放到门口，先穿着拖鞋出去，围着房子转一圈再换上放在门口的皮鞋，这样就没问题了。运动过程中劫持犯似乎不会一直盯着自己。

"不过，劫持犯为什么不贴身监视我，而是置之不理呢？"

这种疑惑又发展到罪犯是不是在远处秘密监视，或者真的不监视自己这个问题上。美惠子觉得不解开这一疑问，自己就没办法做到随意行动。

到了第二天下午三点，美惠子提前拎起皮鞋，那是一双细高跟鞋。仔细观察鞋跟后美惠子心中感到了些许的不安，穿着这双鞋是否能跑掉，她没有丝毫把握。或许高跟鞋跑起来还不如拖鞋呢，美惠子又把皮鞋放回了原处。

一如既往，劫持犯在三点整打开了门，对美惠子说："穿这个吧。"

美惠子大吃一惊，凡是她心中所想，劫持犯似乎都能洞悉，他放下的竟然是一双白色运动鞋。一时间，美惠子所有的烦恼全都消失不见，似乎只要穿上这双运动鞋跑下山就行了。

"如果穿这个逃跑的话……"

"……"

劫持犯没有说话，他的沉默让美惠子看到运动鞋后兴奋的心情平静下来。美惠子决定再谨慎一些，罪犯必然有缜密的防御措施才会给自己运动鞋。

美惠子做运动的时候一直观察着劫持犯身在何处，但是哪里都看不到他的身影。美惠子甚至慢慢地走到了下山的路口，她倒不是打算立刻逃跑，而是为了看看劫持犯的反应。

然而，劫持犯直到最后都没出现。美惠子很好奇他在什么地方，就沿着路又挪动了几步，即便如此，他还是没有出现。美惠子感到了很大的诱惑，真想就这么跑下山去。转念一想，劫持犯连运动鞋都给了自己，怎么会任由自己轻易脱身，于是又抬起头，朝着山庄所在的方向走去。

始终没有劫持犯的踪影，正好到三十分的时候他却现身了。劫持犯在背后突然出现，美惠子都不知道他是从什么地方冒出来的。但是，有一点毋庸置疑，劫持犯肯定不是从山下上来的。美惠子做运动的时候一直望着山上，但那个方向没有任何动静。回到房间的美惠子决心第二天务必脱身。

与众不同的巡警近藤

天理警察局的近藤巡警已经盯着东京警视厅下发的公文看了有三十分钟。

"近藤，你在干吗呢？赶紧准备出发啊！"

近藤对组长的催促充耳不闻，同事们全都上车了，他的眼睛也没离开公文。最后，急性子的组长口中蹦出了威胁的声音。

"这个懒鬼，敢在我面前偷懒耍滑，我让你死无全尸！"

"组长，我们自己走吧，反正带着那家伙也是个废物。"

在大家的劝说之下，组长犹犹豫豫地上了车，气又不打一处来。

"哎哟，这种人怎么当上巡警的？连给小区里的小卖店打零工都不够格。"

"您忍一忍，再等等他会调到别的地方吧，大家全都看他不顺眼呢。"

同事们出动后，近藤又一动不动地盯着公文看了一阵，接着提起电话："请转特别侦查总部。"

电话一接通，近藤就找到小森，公文上写着如有疑问请联系小森刑警。

"你好，我是小森刑警。"

"您辛，辛苦了！我是天理警察局的近藤巡警。"

"什么事情？"

"就是关押皇太子妃的地点。"

"怎么了？"

小森原本就忙着，现在接到这种乡下警察局巡警打来的电话，听对方说话语无伦次，就不情不愿地应付着。

"我是说以前玩战争游戏。"

"怎么说到战争游戏了？快点说正事。"

"可是我那个……让……让我快点说，我就更说不清了。"

"好吧，你想说什么？"

"玩战争游戏的时候……经常会制造些什么的。"

"制造什么呢？"

"就是弄成假的呗，为了欺骗敌人。"

"那是什么？"

"伪……伪装。"

"你说什么伪装？"

"罪犯有没有可能伪装藏起来了呢？"

"或许有这种可能。"

"所以我看到公文就想，虽然推测罪犯在京都或者跑到了京都北边，可是这会不会是伪装的。"

对于这个乡下警察局巡警所说的话，小森从一开始就心不在焉地听着。

"那你的想法究竟是什么呢？"

"我觉得罪犯最后一次被当做酒驾抓住的地点可能是用来骗人的。"

"所以呢？"

"罪犯是否也有可能在京都附近掉头，又开回东京方向了。那天是否没盘查开往东京方向的车？"

"我知道了，会作为参考的。"

小森敷衍着挂断了电话，近藤生起了闷气。他打小就一直被大家称赞有一颗"与众不同的脑袋瓜儿"，托这颗与众不同的脑袋瓜儿的福，人们都集中到一个方向的时候，他往往走到完全相反的方向上，而且还能有所收获。

近藤从书架上抽出地图。地方警察局的搜查力量都集中到京都北部了，实际情况是不单单组长和组员们全赶去那边支援了，每天关西地区的所有警力也全部投入到这一方向的搜查之中。近藤也跟着组长去搜查过几次，可是翻过来翻过去，什么发现都没有。

近藤留心观察着地图上京都与位于其南部的奈良之间的几个地方，然后换上便装，坐上了通往京都的地铁。这个与众不同的巡警在京都换乘了开往东京的新干线，直奔东京警视厅。

侦查部长听了一会儿这个来自天理的巡警的描述，按下内线电话把小森叫过来。

"小森刑警，来听听这个巡警说的。"

简单地打过招呼后，近藤巡警用带着浓重关西口音的方言讲了起来："罪犯也有可能在京都南边，如果是我就会这么做。"

"你就是早上给我打电话的巡警？"

"是的。"

"这是你的推理吗？"

"如果是我，会这么做的，掉头再……再回来。"

"嗯……"

近藤的话也有些道理。小森沉吟片刻，向侦查部长建议道："部长，最好上至京都，下到奈良和附近地区能一起看看。从时间上来看，从京都掉头开回来的距离大概也就到奈良了。"

"我也是这么考虑的，从犯罪手法来说有可能采用这种策略。但是，投入到京都和附近北部地区的搜查力量不能撤出来，南部地区就让该地区警力回去进行搜查吧。"

"是！"

"近藤巡警，你先回工作单位，如果有收获会表彰你的。"

"谢谢部长！"

直到此刻，这个与众不同的近藤巡警才一脸满足地回了天理警察局。

大洋彼岸的远方

田中回到警视厅后，详细听取了小森关于外国人登记簿核查工作的报告。

"所有来自中国的外国人登记簿都让桥本确认了好几遍，连相似的人都没发现。其实，就算是多年好友或者亲属，也有可能认不出照片和本人吧。"

"对方是在关西地区的中国人，范围极小，要一对一核查。"

"我们当然是与外国人登记簿上记录的中国人一对一地见面核查，确认不在场证明等，可是没发现谁有嫌疑。"

"嗯。"

田中又开始考虑共犯为日本人的可能性，虽然概率很低，也不能放过，他问道："归化的中国人也调查了吗？"

"啊，我们只调查了外国人登记簿上的中国人。"

"归化的中国人当然也需要核查。"

"对不起！我马上去办！"

小森刚要回自己的座位，又怯生生地艰难开口说道："那个……您好像在中国没什么发现。"

田中点了点头，小森含含糊糊地发起了牢骚："该死的家伙，逃命的话也要去中国啊，不回自己的国家去美国干什么?"

突然之间，田中的大脑中倏地一下子划过了什么东西。

"不奇怪吗?"

"啊?"

"回避了巅峰时刻。"

"您什么意思?"

"彭怀德这一生都沉浸在祖父的记忆中，他冒死劫持了皇太子妃，却避开了终于要实现复仇的最后时刻? 那个精神导师的掌控力实在太强了，能让身负深仇大恨的彭怀德乖乖听话。这里头一定暗藏着什么玄机，彭怀德难道是在逃避?"

田中急忙掏出彭怀德的手记，把最后一句话念出了声。

结束了。无论它是悲伤，或者诅咒，抑或是永远无法治愈的创伤，所有的过去都随着祖父的逝去而消失在黑暗回忆的彼岸。然而，我必须向着大洋彼岸的远方迈开脚步，现在去找寻那已然成为过往的"OVER TIME"不为人知的含义。

"啊，这个!"

田中拍着头。彭怀德在手记中阐明了自己的意志，他在里边写道，尽管所有的一切都结束了，自己却必须前往"大洋彼岸的远方"。田中的眼睛又打量起这最后一句话，"大洋彼岸的远方"是美国吗? 这意味着彭怀德在美国有要做的事情。田中的眼睛迸发出锐利的光彩。

"也许是去完成最后一道作业，弄清'OVER TIME'的意义……"

田中思忖片刻，提起电话，拨通了南京文化院的电话。南京文化院的工作人员接到田中从日本打来的电话很感兴趣，似乎相当意外。

"联系到南京大屠杀，'OVER TIME'这个词有什么特殊含义吗？"

"'OVER TIME'？这个嘛，我也不知道是什么意思。"

"哦，就是'加时赛'的英语。"

"加时赛？奇怪了，南京大屠杀是日军的暴行，日本人怎么用起了英语呢？"

"这个不是日本人说的，是彭怀德同学手记中出现的一个词。有没有什么事情可以把南京大屠杀和美国人联系在一起呢？"

听到这话，工作人员的声音突然兴奋起来："说到南京大屠杀与美国人，我想起来一段往事。难道是他？"

"什么事？是谁？"

"营救彭怀德祖父的是一个美国人，叫约翰·马吉。"

尽管田中素来沉着冷静，面对新的重要线索，他还是兴奋起来："约翰·马吉是做什么的？"

"他是美国圣公会的牧师，南京大屠杀的时候他冒着生命危险转移了记录百姓惨死的照片。人们看到这些照片才知道日本人的宣传是谎言。"

"他仍然健在吗？"

工作人员讥讽地笑了起来："怎么可能呢？当时他已经是四十多岁的中年人了。"

"那他应该有后代吧，您知道他后人的联系方式吗？"

"我原本就想联系的，他可是设立纪念馆不可或缺的人物。不过，现在还没有取得联系。"

挂断电话，田中一手冷汗。

约翰·马吉的照片

在派往洛杉矶领事馆的警员帮助下，田中找到约翰·马吉牧师的后代并不困难。

"约翰·马吉牧师安葬在圣公会墓地，他的儿子作为联系人登记在册，很容易就能找到。"

部长看见田中递上出差申请，面露难色："你要去美国？这里怎么办？"

"好像找到线索了。"

田中向部长介绍了彭怀德手记和约翰·马吉牧师的情况，但部长还是不大乐意。

"照你所说，劫持犯现在正处在'复仇的巅峰'，怎么还会有心情优哉游哉地去查祖父所说的'OVER TIME'，是什么意思呢？"

"也许恰恰相反，彭怀德可能认为现在到了最后一刻，要宣泄一生的仇恨。他有强迫症，必须弄明白自幼就压迫着他的'OVER TIME'是什么意思，这是他眼下最强烈的诉求。"

部长迫于无奈在文件上签了字："既然你认为应该去一趟，一定要有所发现啊。"

"如果这次也没有收获的话，侦查工作就结束了，剩下的方法只能是翻遍全日本了。"

"既然决定要去，就赶紧出发吧！"

侦查部长的声音在身后响起，田中和小森一道立刻赶往成田机场。

约翰·马吉牧师之子梅内姆住在圣迭戈郊外一幢视野很好的房子中，田中从机场出来直奔这里。他让当地领事馆派出的工作人员埋伏好，只带小森一人按响了门铃。田中介绍自己是日本的历史学者，前来整理南京大屠杀的史料，可能是这番说辞起了作用，大卫·马吉对他的到来表示欢迎。

"我们世世代代住在这里，父亲特别喜欢大海，我也一样，可能是家族遗传吧。父亲出海游历后，立志成为一名牧师。他曾在铁路铺设工程现场设立了第一所教会，与中国人结下了深情厚谊。父亲二十多岁的时候在中国生活过几年，最后他决心去中国本土传教，北京教区派遣父亲前往南京，他在那里为中国人设立了新教会。原本每一天的生活都充满恩惠，但随着日本发动侵略中国的战争，情况瞬间剧变。"

果然如传闻所说，约翰·马吉牧师与南京事件有很深的关联。

"当时，日本意欲占领中国，一步步推进。中国的城市逐一被日军占领，避难者争先恐后地拥入南京。南京是座大城市，加之有驻军，人们相信这里是安全的。包含难民在内，当时的南京共有七十万人。"

这既不是中国人，也不是日本人，而是一个美国人不带感情色彩的客观描述，田中听得十分认真。

"包围了南京的日本军队向中国军队下了最后通牒，若不投降将血洗长江。然而，中国军队司令长官唐生智拒绝投降，誓死保卫首都，日军终于展开了全面进攻。"

田中的脑中浮现出了山崎的面孔，山崎说过南京事件应该称之为南京战役。

"但是，中国司令长官太令人失望了，日军仅用四天时间就包围了南京城。而唐司令置市民与部下于不顾，率先渡江逃跑。日军甚至连一场像样的仗都没有打就轻轻松松进入了南京城，惨剧就是从这一刻开始的。"

南京事件的开端没什么特别的，历史上这种事情不胜枚举。接着，大卫·马吉说起了日军迫害没能逃跑的中国军人的事情。田中认为若能优待俘虏自然最好，但战场上目睹到一些过分的场面也在所难免，这是人的本性使然。

"日军没有好好地履行《日内瓦公约》吧。"

大卫·马吉的话语停了下来，直直地注视着田中，眼神中充满责难，就像在说你真的是研究南京的学者吗？

过了一会儿，大卫·马吉尽量冷静地继续讲起来。

"日军把投降的俘虏和青壮年男子都集中到一起，用机关枪向这些手无寸铁、毫无反抗意图的人们扫射，然后将尸体抛入长江之中。为了节约子弹，日军把很多人捆到树上练习刺刀拼杀，没能杀死的人活埋或者乱刀砍死。接下来，日军把目光转移到了女人身上。"

"啊！"田中不由自主地惊叹出声。

"出现在日军视野中的所有女性都被强奸后残忍杀害。从十来岁的女孩子到七十多岁的老婆婆，从修女到尼姑，不分对象无一例外。只要是女性，全都是被扒光衣服，下身插着东西流血而亡。"

"……"

"有八万名女性被先奸后杀。日军以无聊为借口，毫无顾忌地大肆杀戮，曾经把千余名中国人集中到广场上，浇上汽油后用机关枪扫射。中弹者的身体在被子弹贯穿的一瞬间点燃汽油起火，燃烧过的尸体堆积成山。除此之外，还有数不胜数的惨状，三岁的幼儿被切成四段而死，强迫一家人集体淫乱后放火烧死，在孕妇肚子上划三十七刀再掏出胎儿刺死，把幼儿抛上空中后用刺刀接住……这些事情说都说不完。"

"这些是真的吗？"

"请你自己用双眼看看吧。"

大卫·马吉起身离开，回来时拿了个方盒子。

"这些是我父亲亲手拍的照片。"

田中拿起照片攥在手中。怀抱着两个遭奸杀的女儿恸哭的老婆婆，苦苦哀求日军不要拉走自己丈夫的妇女们，堆满水塘的尸体，被轮奸后疯掉的年轻裸女，被刺刀杀死的儿童尸体……这些照片生生刺入了田中的眼中。

"父亲冒着生命危险把这些胶卷带到了上海。日本对率先报道南京事件的《芝加哥每日新闻》和《纽约时报》的新闻予以否认，后来为了掩盖事实又大量伪造各种宣传画与照片。然而，随着父亲的胶卷副本向全世界公开，南京大屠杀的真相得以公之于众。"

"啊！"田中的呼吸有些停滞。

"一共死了三十万人，可是日本对这样的大屠杀却从未道歉。"

时间在沉默中渐渐流逝。田中一言不发地抬起头向窗外的蔚蓝天空望去，大卫·马吉用手背拭去眼泪，然后起身拿来了咖啡。

"喝点吧。"

田中的手紧紧抓住了咖啡杯。同为日本人，竟然做出这种事情，让他瞬时有些作呕，但还是勉强忍住，咽了一口咖啡。

"父亲对于南京大屠杀感到无比痛心，晚年是带着对中国的怜惜和对日本的憎恶悲伤离世的。"

"同为日本人，我实在无话可说。值得庆幸的一点是，中国人至今都深深怀念着令尊，听说令尊不仅拍摄了照片，还亲手挽救过生命。"

田中安慰的话语缓和了大卫·马吉脸上悲愤的神情。

"请问令尊有没有提到过'OVER TIME'这个词？"

"OVER TIME！"

大卫·马吉大声喊着"OVER TIME"，突然之间激动万分，双手双唇不住颤抖。

"怎么会忘记了这个词呢？每当想到这个词，父亲都会泪流满面地忏悔祷告啊！"

"这是什么意思？"

大卫·马吉激动之余，突然停止了话头审视着田中。过了一会儿，大卫·马吉锐利的眼神扫向田中，与刚才判若两人。他质问道："你说自己是日本人？"

"是的。"

"是历史学者？"

"对。"

"哈哈哈！你真的是历史学者？"大卫·马吉语带嘲讽地问。

田中没有回答，递上了自己的名片，由警视厅支援组制作的名片。大卫·马吉看了一会儿名片，嘴角微扬轻笑起来。

"如果打这个电话的话，对方应该会说'你好，这里是田中教授研究室'吧。坦白说吧，你认识彭怀德吗？"

彭怀德这个名字直飞过来插入田中的心脏，不过，田中若无其事地回答道："不，不认识。"

"你说自己来这里与彭怀德毫无关系？"

田中摇了摇头，没说话。

"你明明就是来抓彭怀德的人。"

"您怎么会这么认为呢？"

"'OVER TIME'这个词让我父亲痛苦终生，我还是第一次遇到相隔两天就有两个人跑来问这个词，而这两个人应该没有瓜葛。何况'OVER TIME'只和彭怀德的家人有关，身为日本人的你死活都没有理由知道这些。倘若你们这些日本人心中还存有一丁点儿叫良心的东西，拜托说实话吧！你肯定是警察，彭怀德是否在日本不顾一切地实施了什么报复行为？"

田中保持沉默，无论自己说什么都只能是欺骗，他不愿在这个时候去说那些显而易见的谎言。

"好吧，让我来猜猜你现在最想知道的问题吧。如果我猜中了你心中真正的问题，你要坦率地点头。"

刚才突然大发雷霆的大卫·马吉现在不再责难田中，换上了一副嘲弄的腔调。田中只能无语地望着对方。

"彭怀德是否来过这里？什么时候来的？去了哪里呢？知不知道联系方式？有没有给他那张照片？呵呵，老老实实点头吧。"

田中直直地注视了大卫·马吉一会儿，然后站起来说道："我以个人名义对约翰·马吉牧师的杰出行为深表敬佩。"

说完这句话，田中离开座位向外走去。大卫·马吉一怔，望着田中的背影，匆忙追了出来，向田中伸出手。

"你虽然确实是个警察，但我知道你不是个卑劣的小人。我不知道彭怀德有什么麻烦，可他是个善良的年轻人，万一他在日本犯了什么罪，那也是过去的历史造成的。"

"您为什么会这么想呢？"

"他来美国是为了我父亲当天拍摄的一张照片，眼神中充满渴望，也就是说他是为了给当天的历史找一张照片才来到美国。"

"那是他祖父的照片吗?"

"无可奉告。"

大卫·马吉一副高深莫测的表情关上了大门。小森不明白这二人的言行,只能在一旁干看着,最后焦躁不安地向田中问道:"您就这么走了吗?"

田中默默地点了点头。

"那个人绝对不会开口的。"

"彭怀德来过了吗?"

"可能彭怀德也和我有相同的问题,不,应该说我和彭怀德有相同的问题。那个人也是个陷落在南京大屠杀中的人,一辈子都无法离开父亲讲述的故事和父亲拍摄的照片。"

话虽如此,田中感觉很奇怪,不知从何时开始南京大屠杀竟仿佛成了自己的作业,他晃了晃头,驱散刚才听到的事情。然而,"OVER TIME"的谜题却在他的心中占据了更深的位置。

"就这么回去吗?"

"要按照程序请求 FBI 协助询问那个人,虽然不会有什么收获。不过,如果调取圣地亚哥机场的监控录像,也许会有所发现。"

在圣地亚哥机场警方的协助下调取监控录像后,果然发现彭怀德两天前从纽约搭乘飞机来到这里,同日又飞回了纽约。

"唉……"

只差两天就能抓住彭怀德,田中再次深感无力,这个时候小森接到东京方面打来的紧急电话,大惊失色地跑了过来。

"警视正先生,侦查部长请您即刻返回,罪犯向报社发出了交换条件。"

听到这句话,田中像是瞬间被唤醒:"什么交换条件?"

"部长说已经要求报社暂缓报道,等您回去详谈。"

劫持犯的交换条件

日本政府要在明天之前公开两份文件。第一，向所有媒体公开外务省保存的《汉城公使馆发电文第435号》；第二，面向全体国民公开1937年12月13日的《东京日日新闻》。之后将释放皇太子妃。

皇太子妃遭劫持后，罪犯第一次转达了交换条件。

清晨田中抵达东京后，找来报社的相关人士，展开了详细调查。

"接电话的人怎么知道是罪犯？"

"对方详细介绍了自己，比如护照编号，和三名女性交往时使用过的手机号码……"

"嗓音听起来什么样？"

"是年轻人的声音，大概二十五岁到三十岁。"

是彭怀德。

"罪犯有没有说会再联系？"

"没说过。"

罪犯打电话用的是美国纽约的一部公用电话。送走报社职员，田中和侦查部长相视而坐。

"说是公开《汉城公使馆发电文第435号》和1937年12月13日的《东京日日新闻》就会释放皇太子妃，哪有这种交换条件？"

侦查部长一脸不可置信，注视着田中哑然失笑。

"您知道那里面是什么内容了吗？"

"我先联系了外务省和《每日新闻》报社，《东京日日新闻》是《每日新闻》的前身。他们说找到文件就告诉我们，看起来要花些时间。你觉得罪犯的话能相信吗？"

田中思忖片刻点了点头，如此荒唐的交换条件竟让田中感到了无法承受的沉重。侦查部长不明所以的同时又觉得事情终于要结束了，但田中的脸色却愈加僵硬。

"这些家伙怎么这么慢啊，外务省的人去史料馆，报社的人在副本或者电脑中找到不就好了吗？复印一份发出去怎么花这么长时间？"

"也许这些文件不会轻易拿到吧。"田中一句话让侦查部长跳了起来。

"什么？皇太子妃命悬一线，难道连那么一点儿纸片都不愿意拿出来？"

侦查部长马上抓起电话怒气冲冲地把外务省痛骂一顿，可是转了几圈勉强得到了一个现在还在查找的答复。《每日新闻》那边的回答也差不多。

"我要汇报给首相开了外务相！公然不配合侦查的《每日新闻》也要为妨碍公务执行而接受司法处理！"

侦查部长怒气冲冲地发了阵牢骚，然后把视线转到了田中身上。

"哎哟，田中，你在那想什么呢？你不是说罪犯提出的交换条件可信吗？那让外务省和报社这两个机构低头不就行了吗？"

"这件事没这么简单，我总觉得其中有复杂的政治考量。否则，皇太子妃原本可以马上获释，外务省的反应怎么会如此迟缓呢？报社方面就更奇怪了，依照部长所说，找出一张旧报纸即可，现在怎么会这样呢？更加耐人寻味的是罪犯为什么要找出这些过往的档案。"

"奇怪啊，中国的劫持犯为什么要找汉城公使馆发的电文呢？"

"嗯，可能有韩国人也介入了这次劫持事件。无论怎样，请部长您和总监商议下如何应对，我抓紧时间去外务省史料馆和《每日新闻》资料室追查罪犯的踪迹。"

"什么意思，外务省史料馆或者《每日新闻》资料室里会有罪犯的痕迹吗？"

"有可能，也许会留下阅览申请书之类的东西。"

"阅览申请书？"

"罪犯知道拿不到这些文件才劫持了皇太子妃，这意味着他们自己已经翻遍了可以翻阅的地方。所以，阅览申请书之类的东西上一定会留下痕迹。"

侦查部长听了这话，歪着脑袋问："难道说这个案子是个历史解谜游戏了？"

"的确成了这样。"

"那就多带点人过去吧。"

"不用，不是什么复杂的事，我去外务省，让小森去《每日新闻》就好。"

"嗯，辛苦你了，又是去中国，又是去美国的，跑来跑去的连点休息时间都没有。其实，这个案子的侦查我们能做什么啊，光添乱了，差点稀里糊涂地让知情人丢了性命。总之是你救了我，我现在一想起渡边，后背直冒冷汗。"

"对了，渡边现在在哪呢？"

"他是侦查本部状况室长了，得让他去那边，太危险了，不能让他插手侦查。"

田中点了点头，虽然把渡边打发到闲职上有点不厚道，但那时若让里美死去，警方也就彻底背黑锅了。

田中来到外务省史料馆，像普通阅览者一样填写了申请书。

"想阅览档案的话，所有人都必须填写阅览申请书吗？"

"是的，当然。"

"有没有例外？"

"没有。"

女职员不明白田中在说什么，抬头注视着他。田中走进女职员介绍的那个房间，坐到桌前。

女职员查了一会儿田中申请的档案，然后摇了摇头。

"没有您申请的《汉城公使馆发电文第435号》。"

"没有？"

田中亮明了身份，打破砂锅问到底。女职员请田中稍等，自己去找上司，面对警方高层她没法闪烁其词。

"股长想见您。"

股长走了出来，态度很是谦和："请问您想看什么文件？"

"我在找《汉城公使馆发电文第435号》。"

股长亲自在自己的电脑中查询档案，接着尴尬地摇着头说道："没有这份档案。"

"怎么可能呢？明明有人见到过。"

"那就是在其他地方看到的，这份文件没有经过电子化处理。"

"没有电子化？那在哪里能看到呢？"

"可能保存在文件库里。还没有分类，或者不能向普通人公开的文件保存在文件库中。"

"一般人能接近那里吗？"

"不能，只有外务省负责人才能进入，如果资料损坏不就麻烦大了吗？"

"除了外务省公务员，任何人都看不到吗？"

"外务省委托的学者可以查看。"

"我们得到线报说，这里发现了目前正在追捕的罪犯的踪迹，所以我想查看一下监控录像和阅览申请记录。"

股长看到田中递上的身份证大吃一惊，愣愣地盯着田中的面孔。

"啊，您就是大名鼎鼎的田中……"

拜田中名声在外所赐，虽然没有官方授权，股长也让田中查看了监控录像和阅览申请记录。待命的警探们逐条查看了记录，没发现明显可疑的人物。警探们只能抄下除身份明确的教授和公务员以外的其他阅览者个人信息，离开了外务省史料馆。

另外一边，前往《每日新闻》的小森大失所望，民众不需要阅览申请书或者其他许可程序就可以进入报社资料室，罪犯完全没有留下痕迹。小森沮丧地申请查看那天的报纸，但只得到了现在没有这份报纸的答复。

"报社里怎么能说没有报纸呢？谁都知道，从创刊号开始一份不落地都保存着啊。"

"保存是保存，也会少一些的，反正没有那天的报纸。"

小森较着劲，发狠似的查看了昭和时代经过电子化处理的报道，连着仓库里堆积的旧报纸也全部用手扒拉了一圈，偏偏只是没有1937年12月13日的报纸。

"怎么只少了这一天的报纸呢？前后几年的报纸一份不少啊。"

"这就不知道了。"

小森觉得仓库守卫不可能知道缘由，就直接跑去找报社领导，他理直气壮地提出质疑，回答依旧是不知道。

"如果坚持这种态度的话，我们马上对你们的报社进行搜查！"

"随意！"

报社方面也非常强势。小森虽然无比气闷，可田中曾经严命无论发生什么事情都不能泄露查找报纸的原因，所以他也只能闭紧了嘴巴回到警视厅。

听过小森的报告，田中点了点头。意料之中的事情，倘若是轻而易举就能看到的资料，罪犯也不会作为交换条件提出来了。

"不要再查报社了，弄不好我们瞎折腾反倒成了罪犯的帮凶。"

侦查部长还在发着同样的脾气。

"田中，就照你说的，外务省这些家伙推三阻四，说没找到那份电文。"

"部长，这是一起很严重的政治事件，罪犯的要求与外务省和报社的推诿明显是出于政治上的考虑。首先，罪犯并非不知道这两份文件的内容才要求公开的，尤其是就算不知道汉城公使馆发电文，可至少他们非常清楚1937年12月13日《东京日日新闻》的内容。"

"报社方面不是也说没有这一天的报纸吗？"

"无论年代如何久远的报纸，就算再难得到，它也是报纸。报纸有广泛传播的特性，想要了解报纸的内容并非难事。"

"那为什么还要求公开呢？"

"要求向全体日本国民公开，就是一种要人们直接审视被掩盖的历史的信号。"

"是要对日本国民进行历史教育吗？"

"正是如此，您知道1937年12月13日是什么日子吗？"

"这个嘛……"

"正是我军占领南京的时刻，所以这份报纸上可能刊登了与南京有关的报道。"

"啊，那天一定发生了重要的事情。"

"的确，彭怀德的意图正在于此。这一天的报纸上可能登载了爆炸性的新闻，他要告诉日本国民这些事情……请部长亲自弄到这份报纸，内容只告诉我一个人，报纸内容在警视厅内部传播本身就是罪犯的意图。至于外务省方面，要和总监商议下。"

田中和侦查部长一起来到总监室。

"所以你想秘密搜查外务省?"

"是的。"

"唉……"警视总监长叹一声。

"用请求协助调查来代替搜查怎么样?"

"可能外务省方面……"

"外务省方面怎么了?"

"不愿意协助调查。"

"为什么?"

"那边隐藏着一些不能告人的东西。"

"可是皇太子妃遭劫持的节骨眼儿上怎么会不协助调查呢?即使那边始终拒绝配合，搜查之举也太过冒险。"

"我能想到的只有这一个办法了。"

"很难啊！你也设想一下，幸亏我们已经公布了劫持犯的身份，这才勉强将国民的愤怒与视线转向外部。如果我们突然搜查外务省，又会变成什么样子呢？我们拿不到搜查证，而且稍有不慎我们全都交待了。"

警视总监手放在脖子上望着田中。

"我不会做政治上的考虑。"

"总之，搜查外务省之类的方法是行不通的，汇报给首相请求帮助吧。"

首相听取警视总监的报告后紧急召见了外务相。

"外务相，实际情况如何？真的没有那份435号电文吗？"

首相见外务相神情犹豫，又问道："你据实回答。"

"其实……我不知道准确的真实情况。"

"什么？不知道真实情况？"

"非常惭愧。"

"你这说的什么话？外务省的事情外务相不清楚，那到底谁清楚？"

"可能您询问外务次官更好些。"

直到此时，脸色铁青的首相才点了点头，他心中有数。自从外务相提出考虑到周边国家的反应，应该稳妥处理教科书的内容之后，他就受到了外务省官员的公然排挤。即便如此，长官不知道真实情况一事仍然非同小可。

首相送走外务相，把外务次官叫到了办公室。

"次官，真没有那份电文吗？"

"是的，阁下。"

"真的？"

首相加重语气以表明自己的态度，若对方有所欺瞒，自己不会善罢甘休。然而，外务次官毫不迟疑地回答道："真的没有。"

"是原本有的东西没有了吗？不对，原来应该有，什么时候不见了的？"

"这个不清楚。"

"为什么不见了？"

"我对这份文件一无所知。"

首相气急，高声喝道："那你到底知道些什么？"

"……"

"你回去吧。"

首相靠在椅背上闭上了眼睛，外务次官好像对自己也有所隐瞒，这种感觉不是一天两天了。自从"新教科书编撰会"请求通过新教科书检定，他就愈来愈感觉到有自己无法承受的巨大压力袭来。

前首相和东京都知事石原等政界人士自不必说，学术界、文化界、经济界也纷纷动员重量级人物出马要求通过教科书的检定。

在教科书的选择问题上，首相本人虽然也主张走日本自己的路线，但问题在于自己不过是在顺应这些人而已。外务次官是如此庞大势力中的一员，而这股势力正是实际领导日本的人，首相想到这一层，感觉自己被排除在外了。

田中一问起首相的反应，侦查部长就破口大骂起外务省的官员。

"外务省这帮家伙还真是不听话啊，应该说他们面对首相也能装傻充愣。"

"怎么会这样？"

"前一阵首相不是新任命了一位女性长官吗？"

"您是说和我同一姓氏的田中外务相吗？"

"对，最初田中外务相在发言中表明了自己的信念，她认为不能通过将引发中日尖锐对立的钓鱼岛列为日本领土的教科书。"

"后来呢？"

"从此以后，外务省的官员开始抵制长官，不仅不听从长官的指示，还拒不回应长官的传唤，甚至当面无视长官或者公开训斥长官以示抗议。长官低声下气，到最后就和他们统一口径了。"

"怎么可以这样呢？"

"外务省和文部省的官员觉得自己是引领日本前进的火车头，这背后当然有各界大人物在支撑。所以，实际上长官什么的只是个笑话。"

"他们到底相信谁，竟然连拥有人事权的长官的话都不听？看来表面跟随的人和实际跟随的人并不一致。"

部长想了想，说了句出人意料的话："这个……其实也许正是因为有了这些人，才能够支撑着我们日本吧。"

"您这是什么意思？"

"中国和韩国如此施压，我们日本不能光是反省过去的错误啊。"

田中发现部长的话里染上了政治色彩，他立刻站起来。侦查就是侦查，不能掺进其他立场，这是田中的信念。

"报纸怎么样了？"

"不知道为什么，《每日新闻》那儿根本没有。不过，我正通过其他几个渠道了解，乐观点儿。"

田中回到房间细细思索，再次找到了东京大学的山崎。无论外务省如何遮遮掩掩，他都要确认罪犯要求的文件是否存在以及文件的意义，这样才能顺利侦查。

"他们说没有经过电子化处理？嗯，有可能。"

山崎似乎十分清楚外务省的内部情况。

"那应该是份敏感文件，罪犯是为了这份文件劫持的皇太子妃。怎么才能看到这份文件？我感觉它就在外务省文件库里。"

"如果不是外务省的最高级官员，根本不可能接近文件库。"

"听说教授可以获准进入。"

山崎摇了摇头："难度相当大，他们要经过审查的。申请人平时表露的倾向决定其是否被允许进入。"

"什么倾向？"

"不是学术上的倾向。名不见经传的教授就算表明了政治倾向，也是进不去的；若是知名教授，就要判断他对政府有利还是有弊，再决定是否允许其查看资料。所以，只有极少数声名远播的保守学者才可以进入。"

"你呢？名义上可是东京大学东洋史研究室长啊。"

"我也许有可能，有点职位，之前表露出的保守倾向应该没有碍着外务省官员的法眼。"

田中喜出望外，外务省官员没理由厌恶将南京大屠杀硬说成是南京战役，还在教科书上挂名的山崎。

"那你帮我个忙吧。"

"到底什么事情？你为什么这么想看那份电文？我知道你肯定是为了侦查皇太子妃劫持案，可你得告诉我具体是为了什么。"

"目前还不方便说。"

"那我帮不了你。"

"什么？"

"万一出事儿，我没准就得离开学校了，可你却连为什么要去看那份文件都不肯说。换作你，你能帮这个忙吗？"

山崎的话也有些道理。

"那你……能保证保密吗？"

"当然了。"

田中讲述了事情的来龙去脉。当听到皇太子妃劫持案的罪犯提出公开电文作为释放条件时，山崎脸上的惊讶之色十分明显。

"我真的很好奇这个罪犯到底是何方神圣，居然要公开《汉城公使馆发电文第435号》……"

"总之，我非常需要你的帮助。"

"我试试看。"

四份汉城公使馆发电文

没过多久，山崎就联系了田中，他冲着立刻跑过来的田中露出了一个意味深长的笑容。

"哈哈，家贼难防说的就是这种情况吧。我找到汉城公使馆发的电文了，还偷偷地拍了下来。"

山崎的收获超乎想象。

"这么说外务省文件库中果然有435号电文？"

"不是，有四份电文，少了435号电文。"

"少了435号电文？你确认查找的时候没有遗漏？"

"我瞪大眼睛仔仔细细找了好几遍呢。"

田中点了点头。如果是山崎刚刚就能够看到的文件，劫持犯也不必作为交换条件提出来了。

"幸亏电文全是连贯的，看了这四份电文，能大致推测出435号电文的内容。"

"谢谢你。"

"不过你以后得告诉我侦查情况，美惠子也是我无法忘记的师妹啊。"

"好，一定向你汇报，可是和外务省有关的事情，你也得继续帮我的忙。"

"别担心，师出有名就没什么做不到的。"

田中一回到警视厅，马上把山崎给他的U盘插到电脑上。正如山崎所说，里边有除了435号电文以外的前后四份电文照片。

《汉城公使馆发电文第433号》

景福宫侍卫队的队伍散乱，数百名士兵看到列队于景福宫前的铃木大队井然有序，全都心生胆怯。以小早川为首的数十人一下子冲上去，侍卫队开始掉头逃窜，一部分人越过景福宫的宫墙跳到了街上。这个时候，有一名侍卫队士兵抢着枪挡在了逃兵们的身前，他紧紧抓住指挥官高声怒吼："日本暴徒袭击王宫要杀死王妃娘娘，指挥官怎么能逃跑呢！"指挥官随即掏出枪打死了这名士兵，然后和士兵们一起慌里慌张地翻过了北边的宫墙。

《汉城公使馆发电文第434号》

有两条路通往国王和王妃所在的乾清宫。小早川一边带头跑向通往乾清宫的大路，一边大声叫嚷："要是还有一个朝鲜武士，就站出来。"但是，一个人也没有。同一时间，《汉城新报》社长安达率领的二十余名浪人从东侧迂回接近乾清宫。两队人马在国王的寝殿坤宁宫前会合，砸碎坤宁殿的殿门冲了进去。国王与王妃瑟瑟发抖，浪人寺崎朝王妃所在的方向冲过去，国王想从椅子上站起来，被寺崎抓住肩膀按着坐在自己的座位上。此时，王世子被人揪住脖子甩出来，而浪人们则急忙跑到王妃那边。

《汉城公使馆发电文第436号》

三浦公使将弑害王妃称为大院君与训练队合作结果的发言被现场目击者——辩明。其中，特别是听过俄国技师士巴津和侍卫队教官美国人戴伊的证言后，各国公使一致谴责起三浦公使。无论如何，似乎只有本国政府具备了强有力的对外措施，才能避免与西方列强产生冲突。

《汉城公使馆发电文第437号》

外务省决定将以三浦公使、冈本顾问、《汉城新报》社长安达、浪人小早川、崛本为首的四十八名现场参与者押送回日本，关押到广岛监狱。此举得到了美国、俄国、英国、法国公使的认可，却导致三浦公使最终承认自己系本次事件主犯，结果在当地朝鲜人之间引起轩然大波。

汉城公使馆发往日本外务省的四份电文记载了朝鲜王妃弑害事件的始末。

必须掩盖的真相

　　果然不出所料。田中看过汉城公使馆发的电文后，更加确信了之前的推测，劫持皇太子妃的根源在于南京大屠杀与杀害朝鲜王妃的过往历史。罪犯的组合有些怪异，彭怀德是希望能为南京大屠杀报仇的中国人，而另一人很可能是对朝鲜王妃弑害一事心怀怨恨的韩国人。

　　"中国人和韩国人，原本并不认识，却在日本相识，认同彼此的历史，决心共同实施犯罪……"

　　田中的视线又转向四张电文上，他百思不得其解，那份消失不见的435号电文中到底是什么内容，会让罪犯以释放皇太子妃为条件换取电文公开。田中反复研读电文，推测435号电文的内容，433号和434号电文中描述了朝鲜王妃遇害前浪人们冲向王妃住处的场面，436号和437号电文则记述了事件结束之后的情况。

　　"这么说435号文件讲述了朝鲜王妃遭杀害时的场景！"

　　田中又给山崎打了个电话。

　　二人在东京大学附近的居酒屋见面，山崎可能是为自己亲手找到并转交了有力证据而感到十分自豪，对这起皇太子妃劫持案件的关心程度不亚于警探。

"怎么样？那四份电文有用吧？上面可是汉城公使馆向日本报告杀害朝鲜王妃的内容啊。"

"当然有用。过去的历史是劫持的动机，为了准确把握本案，我得了解正确的历史。"

"历史是犯罪动机……一般这种犯罪不都是特定团体惹是生非吗？"

"不，不像是特定团体或者政府秘密组织指挥的。"

"是个人作案吗？"

"对，可能还有共犯，目前看起来像是两个人实施犯罪。"

"他们的目的是公开《汉城公使馆发电文第435号》和1937年12月13日的报纸……嗯，那上面刊载了什么内容呢？找到报纸了吗？"

"侦查部长正在找，只是要花些时间，但一定得找到这份报纸，既然是报纸就应该发行过很多。不过……电文中间为什么会缺失呢？"

"汉城公使馆发来的电报，还是应该在外务省，也许其中有高度机密的内容，所以被人抽走了吧。"山崎见怪不怪地淡淡答道。

"谁抽走的呢？这是政府的正式文件。"

"有理由抽走电文的人难道不多吗？过去有战犯审判……现在有中国和韩国的历史清算问题。倘若南京战役的真相全部公开，你知道我们日本会陷入何种境地吗？"

"哦，这么说其实你也知道南京大屠杀的真相了？"

"当然了。我把南京大屠杀称作南京战役，在教科书中尽量缩小范围说到底都是为了日本的未来啊。在东京大学专攻东洋史的我怎么可能不知道这一真相呢?"

"东京大学的教授既然知道真相,却在教科书里削弱遮掩这些?这么做对吗?"

"世界上总有些事情需要掩藏。"

"所以,有人把435号电文也藏了起来?那最开始可以进入外务省文件库自由查看文件的人都有谁呢?"

"这个嘛……"

田中又回到警视厅,立刻前往警视总监办公室。

"外务省可能最愧对的就是皇室,请总监在外务次官面前提及皇室,即使外务省对首相有所隐瞒,还做不到无视皇室吧。"

警视总监在田中的怂恿下与外务次官会面,然后苦着脸叫来了田中。

"我见过外务次官了,他说没有435号电文,说是太平洋战争时期不见的。他还冷笑着问是不是没有这一纸电文就抓不住罪犯了。"

"现在不能再期望获得外务省的协助了,我们应该将外务省视为敌人进行侦查,还请总监帮忙确认之前获准进入外务省文件库的人员名单。"

"获准进入文件库的名单?你是说这份名单上会有什么发现?"

"很可能有人受罪犯之托在外务省文件库中确认了没有435号文件,所以罪犯才会如此强硬地要求公开435号电文。"

"我知道了,但是将外务省视作敌人之类的话要谨慎些。"

田中刚回办公室,部长就发来了呼叫信号。

"部长您好!"

"快过来。"

部长的声音中难得地充满活力,同时又显得非常沉痛。田中心生疑惑，部长的声音怎么会这么奇怪，当他看到部长递过来的1937年12月13日的报纸时马上明白了缘由。

"报纸到手了，成问题的就是这篇报道。"

"啊！"

部长手指向其中一篇报道，田中在看到它的瞬间就惊叹出声。虽然田中已经在中国和美国充分地了解了南京大屠杀，不是不能想象其惨状，但这篇着重表现两名挂着军刀微笑站立军官的新闻报道，却从完全不同的角度带给他巨大冲击。

在斩首中国人的比赛中，你争我夺展开竞争的两名军官会面后摆了个造型。他们之前曾创下斩首逾百人的卓越纪录，其中一人斩首105，另一人斩首106，胜负差距不大。因此，二人决定进入加时赛。

"这群狗东西！"连感觉迟钝的部长也愤恨地咒骂起来。

"怎么能把砍人脑袋当成比赛呢！不，这些家伙不是问题，刊登这种报道的报纸才更有问题！号称代表日本的报纸……"

不同于情绪激动的部长，田中正悄悄地在口中重复着新闻中的一个单词。

"加时赛……不就是OVER TIME！"

"这，这个不能公开，绝不能……"

看到部长连连摇头，田中怀着复杂的心情离开了警视厅，不知为什么，心中的一个角落空荡荡的。从他去中国了解彭怀德的经历，又在美国见到约翰·马吉牧师之子知道了南京大屠杀的真相开始，他感觉浑身乏力。

田中漫无目的地走了一会儿，一边走，脑中一边不停萦绕着

"OVER TIME"这个词。无论怎么行走都无法消除那种冲击，他刻意地用力晃了晃头。

尽管田中几次告诫自己要把注意力集中到侦查上，可他心情仍然难以平静。要在弑害朝鲜王妃的核心文件被隐藏起来的情况下，完全无视案件背景单纯去追捕罪犯，他感到沮丧和气闷。不知不觉间，侦查的正当性似乎已然消失殆尽，田中被无力感深深笼罩。

出于直觉，田中明白一旦劫持犯抓捕归案，所有的一切都将演变为政治事件。当然，抓获劫持犯营救皇太子妃的确是当下最为紧急的头等大事，但掌握实质上的真相也是同等重要的事情。这是田中身为警探一直追求正义的一面。

《汉城公使馆发电文第435号》又有什么内容要让一个国家必须把它藏起来呢？

田中感到无限遗憾，烦闷不已，长叹一口气。

果敢逃脱

一夜过后，美惠子再一次打定逃脱的主意。之前逃跑最大的障碍鞋子问题如今已经得到解决，现在只剩下实际逃跑这一件事了。

美惠子把脱身计划想了又想，临近运动时间，原本迫不及待的她又犹豫起来。她觉得自己可能卷入了罪犯的心理战中，劫持犯给自己运动鞋说明已经全盘掌握了她的逃脱企图，也许意味着对方做足了充分的准备。

这种泰山压顶般的沉重感觉使美惠子喘不过气来，她清楚地知道，一直控制着自己的劫持犯有着强大的精神震慑力。美惠子觉得自己就像一只在劫持犯布下的大网中不安地颤抖的笨鸟，因希望之翼折断而苦苦挣扎，最终耗尽精力，不再脱逃。

劫持犯像是上帝，身上弥漫着一种无法预测的神秘力量，能削弱人的反抗意志。慢慢地，这种意识渗入到美惠子的脑海里，低声劝她不要去尝试逃脱，即便尝试也必遭失败。这种感觉让美惠子感到屈辱，她不能就范，必须鼓起勇气，即便失败也要试一试。

劫持犯按照既定时间准时打开了房门，美惠子面无表情地走出房间，劫持犯照旧不知道消失到了什么地方。美惠子摒弃了劫持犯可能隐藏在某处盯着自己的想法，直接朝山路走去。她本可以装作运动的样子让劫持犯放松警惕，但她不愿采用这种欺骗的手段。或者说她无数次设想过应该缓慢行走，但越接近山路，她的步伐就越是不可抑制地加快。

不一会儿就到了山路的入口处，美惠子回头向后看，仍然看不到劫持犯的身影。美惠子用尽全身力气跑起来，现在没有时间再去考虑其他，也不可能改变主意了。美惠子唯一可以选择的出路就是奔跑。

下一刻，刚转过一个弯的美惠子吓得停在了原地，仿佛被冻住了一样。

"呜噜噜！"

两条小牛犊般的大狗正一动不动地站在那儿，恶狠狠地盯着她。这两条龇牙咧嘴流着哈喇子的猛犬让美惠子陷入了恐惧之中。

"呜噜噜噜！"

其中一条狗走过来威胁她，美惠子不知所措，狼狈不堪。如果往回跑，它们怕是会立刻追着扑上来吧，美惠子吓得恐慌到了极点，立刻失声喊叫起来。

"啊……"

惊声尖叫令大狗更加兴奋嚣张，后边的另一条大狗也露出了白森森的牙齿作势要扑过来。美惠子惨叫的声音更大了。

"救命啊！快来人啊！"

就在黑狗朝着美惠子作势猛扑过来的一霎间，远远地传来了喊声。两条猛犬可能受过很好的训练，一听到主人的声音就温驯得不像话。走过来的正是劫持犯。

"吓坏了吧。"

"……"

"本想事先告诉你的，但我觉得让你尝试一次从此断了逃跑的念想似乎更好。没有我的允许，你走不出山庄五十米开外的地方，这里安装了红外线监控设备。幸亏我恰好立刻听到了警报，如果我不在的时候发生这种事情，这两条猛犬可不会就这么轻易放过你。"

美惠子又羞又气，浑身颤抖不止。

劫持犯拿来晚饭，观察着美惠子的神色。他放下饭正要离开，美惠子气呼呼地叫住了他："我明天要离开。"

"……"

"你用红外线监视设备来监视我，还放狗！你让我十分愤怒。"

"抱歉。"

"我明天一定要下山，无论是被狗咬还是别的什么事情。"

劫持犯皱着眉头，没说话。

"你明天不会打开这个房门了吧？"

"……"

"我虽然不知道你为什么要做出这种事情，但无论出于什么名义，这都不是一个稳妥的方法。我忍无可忍了，既然你不想杀了我，那就是想拿我做武器了，而我绝不会沦为犯罪分子的武器。"

劫持犯觉得美惠子的语气不同往日，没有马上离开，在美惠子面前坐了下来。美惠子继续加重语气说道："我一无所知地被劫持到这里，虽然你在困境下依然为我竭尽所能，对这种绅士风度我表示感谢。但是，你像圈养动物一样把我软禁起来，我很愤怒。你应该告诉我有关劫持的所有事情。"

"你想知道什么？"劫持犯用低沉的嗓音问道。

"先说说你是谁？"美惠子再次语气坚定地说道。

罪犯盯着美惠子的脸看了一会儿，开口说道："我是对韩国历史罪孽深重的人，为了洗刷罪孽，以你为人质要求日本政府公开《汉城公使馆发电文第435号》。"

"那么，你是韩国人吗?"

"对。"

"看来你是个有身份、有地位的人士，你得到荣誉和信任都是日本民众给予的吧。"

"是的，我来到日本已经很多年了。"

"好吧，请你告诉我，你的罪孽与435号电文之间的关系。"

"我现在不想说。"

"那我明天就下山，你阻止我或放猛犬撕咬我都没有关系。对你来说只有两个方法，杀了我或者放了我。"

听到美惠子斩钉截铁的誓言，劫持犯的表情僵住了。

"稍微等一等，很快就决定了。"

"你要做什么决定?"

"二选一，释放你，或者……"

劫持犯口中说出的话出人意料，竟然说要释放自己。不过，后边的话是什么呢，可怕的想象突然猛烈叩击起美惠子的大脑。

"或者……"

美惠子的声音轻轻颤抖。

八人会议

"都是些响当当的人物，丝毫没有疑点，一个也没有。"

侦查部长一见到田中，马上摆出一副失望透顶的表情，反复说着同样的话。

"请让我看一遍。"

田中用锐利的目光打量着警视总监从外务次官处得到的外务省文件库获准进入名单。正如侦查部长所说，没有人有疑点，他们全都是在日本社会声名显赫的人物。当然，没有外国人。

"嗯……"

"这些响当当的日本人中或许有一个人是对罪犯忠心耿耿的下属？"

"一开始你的推理就有点奇怪，说犯罪动机源于历史……"侦查部长发着牢骚，语气中满是失望。

警视总监同样忧心忡忡："要怎么和外务省说？曾经保证过这份名单上的人中肯定有一个是劫持犯。外务次官给我们名单的时候，就像听到什么狗屁话似的连连摇头……"

田中回到办公室反复思考，罪犯分明很清楚外务省文件库中没有这份电文，他也绝无可能进入文件库，他是怎么知道电文内容的呢？名单上的人物均为大名鼎鼎的右翼人士，绝对不会被收买而泄密的。

田中盯着名单像是要把它看出个洞来，陷入了沉思。突然，田中逐一检查起名单中的人名，然后把侦查支援组长叫过来，悄悄做了些指示。

"我现在能做些什么呢。"

田中摇了摇头。全国范围内已进入紧急状态，外务省等政府机关却异常地表明了不合作的态度，应该说他们成为一股不明力量在阻碍侦查。田中又摇了摇头，觉得不能任由情绪这么低落下去，就语调轻松地把小森叫了过来。

"喂，小森！"

"是，警视正先生。"

"我们来放松一下。"

"放松是指……"

"我们出去喝一杯吧。"

小森意外至极，一时间不知道怎么回答。

"暂时忘记案子，你和我，就咱们俩去喝一杯。"

"哦，是，好的。"

小森虽然有些莫名其妙，但能和田中一起共度私人时间却让他欢欣雀跃。

田中和小森去了警视厅前边的酒馆。

"欢迎光临，警视正先生。"

"拿啤酒过来，要世界上最凉的啤酒。"

"哎哟，警视正先生好像心如火燎啊。"

等待酒上桌的小森把双手放在膝盖之间，低头搓着手。

"警视正先生，对不起。"

"别说这种话，这个案子很难。不过，我们有多困难，罪犯也一样困难。最好能稍微给搜查队施加一点压力，那边怎么看着没什么希望啊。"

"那个，警视正先生，前阵子有个乡下警察局的巡警来过这里。"

小森转述了天理警察局的近藤巡警所说的话。

"那个与众不同的巡警会不会说中了?"

"这也有可能，但是……"田中摇了摇头。

"那样的话，我们也许还是抓不住人。"小森模仿着田中的语气说。

"哈哈哈。"

田中和小森笑了一阵。侦查过程中好久没有像这样喝上一顿酒了。田中斜着酒杯，脑中想起了小森转述的与众不同的巡警所说的话。

"这个巡警说真正的大鱼是在与众不同的地方抓住的?"

"是的，他说应该做些别人不做的事。"

"嗯，也许往那个方向考虑反倒会好一些。罪犯连洞察外务省文件库的能力都有，搜查必然会暴露盲点。"

"……"

"反正搜索是搜索，侦查是侦查。"

小森能感觉到田中正期待着什么。

"您发现什么线索了吗?"

"只要外务省稍微配合一些就能找出线索，他们反而成了障碍。唉……罪犯也是人啊。"

"啊?"

"我是说他不可能永远都不露出尾巴。来，为那个与众不同的巡警干杯！"

"干杯！"

二人正要碰杯的时候。

叮叮叮。小森的手机响了起来。

田中的手机已经关了，小森却必须二十四小时开机。小森离座去接电话，然后回到田中面前，把手机递给他说："是部长。"

田中拖着长音接起了圆滑世故的侦查部长的电话："哦，我是田中。"

"田中，你现在到底在哪儿呢？"

"我在喝酒。"

"什么？醉得厉害吗？"

"我也不知道醉了没有。"

"哎……"

田中觉得有点奇怪，往常侦查部长知道自己在酒馆就会直接挂掉电话。于是，田中清了清嗓子问："您找我有什么事情吗？"

"总监联系我，他正跟外务次官见面，急着找你。你能去吗？"

田中意识到要去重要场合，或许要见什么神秘的大人物。

"我能去，在哪里？"

"青森料亭，知道吗？"

"知道，我马上过去。"

挂断电话，田中立刻站起来。

"警视正先生，我陪您去。"

小森看出来情况紧急，跑出去拦了出租车。

青森料亭是政府高层官员经常光顾的一家历史悠久的料理

店。警视总监和外务次官二人坐在里边一个幽深的房间里，田中一走进房间，外务次官就面露喜色站了起来。

"来得正好，先去个地方看看。"

外务次官在前带路，领着二人来到了最里边的大房间，有十余名身着正装的男士跪坐其中。外务次官把他们两个带到一边后，自己也跪坐下去。田中急忙跪坐下，眼前这伙人把他吓了一跳，执政党总干事和防卫相也一样挤挤巴巴地跪坐在那里。转瞬之间，当前边长条桌前坐着的八张面孔映入眼帘的时候，田中顿时大惊失色。从各个方面来讲，这些人果真都是值得长官级人物跪着来拜会的巨头。

"我们今天要二选一。"

桌前的八个人表情一致地沉重，目光中透着决绝。

八人会议。

田中明白了，这就是此前传闻中的八人会议。这个在幕后领导日本的八人会议就连现任首相也不会给予座位。

"我选尖阁诸岛（中国钓鱼岛）。"

一个沉重的声音低低地铺满了席间。几年召开一次的集会需要全场达成一致才能决定重要事宜，今天看来是要从尖阁诸岛（中国钓鱼岛）和竹岛中选择一个。

"补充说明的话……"

五年前的会议上他们一致认为日本应该走一条新的道路，此后引发了政治上的剧变，赢得了国民的热情支持，在此之前重视与中国及韩国的和谐关系被洗荡一空，国民们为"名副其实的日本"而欢呼喝彩。

"一夜之间满是中国黑字，美国赤字堆积，这意味着超级大国的地位正逐渐从美国转移到中国，但美国绝不会将这一地位拱手相让。"

讲话的是前首相中康。他环视左右后接着说道："假如中国经济这样一再增长，或者美国经济如此持续下滑，那美国就要使出最后一张牌了。"

有几个人点了点头。

"那就是……战争。"

现在所有人都点头了，表示认同这一既成事实。

"如果我们现在着力紧盯尖阁诸岛(中国钓鱼岛)，中国将动弹不得。若中日之间发生武力冲突，美国就会像一直期待的那样介入争端。一旦开战，美国能使中国持有的巨额债券迅速贬值或是变成废纸一堆。如果中国战败，美国将要求战争赔款，中国雄心勃勃的复兴大计会烟消云散，而日本坐收渔翁之利，恢复昔日的荣光指日可待。因此，中国政府非常害怕看到这一幕，他们把未来二十年内不与美国发生军事冲突视为绝对原则。这意味着即使我们抢占了尖阁诸岛（中国钓鱼岛），中国也绝不会军事回应。因此，先确保尖阁诸岛（中国钓鱼岛）是正确的。"

其余七人报以掌声，中康命人拿来毛笔，在宣纸上用粗粗的笔道写下了"日本领土尖阁诸岛（中国钓鱼岛）"。

外务次官一脸餍足地站起身，将二人又带回了原来的房间。等到田中落座，外务次官满上酒敬了田中一杯。

"久闻大名，今天很高兴见到你。"

这句淡淡的问候既没有夸大其词，也没有高高在上。田中低头向外务次官问好，然后把酒杯放在面前。

"我们随意吧，今天只是我们'可以信任的'人在一起喝一杯。"

外务次官不愧是外交官，随意劝酒时也会说些简短却又意味深长的话。

"男人的生活不就是通过工作认识人，或者先认识人再工作这一过程中交朋友嘛。"

外务次官将杯中酒一饮而尽，又给田中斟上一杯，田中也给他的杯子满上。

"田中警视正。"

田中感觉到外务次官这一句低声呼唤中打着什么小算盘，谈话开始前先带自己去见识八人会议的集会场面也是有原因的，想必这个原因与皇太子妃劫持案的侦查有关。果然不出所料，外务次官循循善诱地问道："你曾经说过，如果我给你们的名单中有韩国人，那么这个人就是劫持犯？"

"是的。"

"不过，名单上看起来并没有韩国人啊。"

"是的。"

"那就是说罪犯不是韩国人了？"

"并非如此。"

"你来解释一下，为何断定罪犯是韩国人的。"

田中沉着地说明了自己的推理过程。

"哈哈，真是了不起的推理。"外务次官似乎十分满意，"但是，田中警视正，你的推理虽然厉害，却受几项所谓国际关系的证据左右，没有这么简单。"

"……"

"所以说，如果外国记者问起的话，请告诉他们出于侦查工作的需要，罪犯是否外国人无可奉告。"

"什么？您这么说是什么意思？"田中不大明白。

"田中警视正，罪犯有极端的政治目的，他们提出公开435号电文就释放皇太子妃殿下作为交换条件，这难道不耐人寻味吗?"外务次官接着低声说道,"现在,我们日本正处于非常重要的时刻,日本就像一个站在岔路口上的人,选择走哪条路决定着未来国家和民族的命运。"

作为刑警,田中的政治嗅觉相当迟钝,他无言以对。

"是做一个亚洲各国鹦鹉学舌般不断重复提及历史的战败国日本,还是做一个在世界舞台上崛起的强大日本国呢?"

"……"

"想成为一个强大的日本国,最重要的是要让国民为我们的历史感到自豪。然而,现在日本的历史却是自虐与忏悔的历史,只有修正这段历史,我们才能走向名副其实的日本。"

"您说的是教科书吧。"

"对,可能田中警视正也知道,中国和韩国闹着让我们修改新教科书中关于尖阁诸岛(中国钓鱼岛)与竹岛(韩国独岛)是日本领土的表述。"

田中点了点头。

"可是,无论他们怎么聒噪,我们都要让新历史教科书获得通过。刚才在八人会议的集会上听清楚了吧,中国只是嘴上叫嚷,没有行之有效的应对之策。"

外务次官突然加重了语气。

"对尖阁诸岛(中国钓鱼岛)展开军事行动的那一刻中国就玩完了!外务省已经就这个问题与美国方面充分交换意见,尖阁诸岛(中国钓鱼岛)包括在日美防御条约之内。"

田中不动声色,默默地听着外务次官讲述。

"因此,总是评说过去的历史对日本没有好处。万一局面恶化,我们的国民就会对新教科书产生疑问。"

田中意识到了问题的复杂性和严重性,他还是只听不说。

"就在这个时候皇太子妃被劫持了。"

田中点点头。

"按照田中警视正的推理，劫持犯一个是中国人，一个是韩国人。你知道吗？他们为什么在这个时候提出这些要求？这些家伙的政治目的性非常强。"

田中已经切实感受到罪犯提的交换条件有非常强的政治目的。

"因此，皇室故意不做出反应，皇太子曾几度想造访警视厅，每次都强忍着。可是，我们也有对策，顺利的话，反而会快刀斩乱麻地解决教科书问题。"

"顺利的话是指……"

"要充分利用好刑事侦查，突出这些家伙犯罪事实的同时，还要巧妙掩盖他们的犯罪动机。"

田中现在完全明白了外务次官想要的是什么。

"可是，抓捕犯人最重要的就是了解犯罪动机，这是我的信条。"

"我不懂侦查，但是任何情况下都不要过于深挖南京战役或者435号电文等敏感问题，掩盖犯罪动机后，要把侦查工作聚焦到劫持这一严重犯罪上，明白了吗？"

田中慢慢地摇了摇头："不是这么简单的问题。"

"什么意思？"

"如果不了解准确的历史，这个案子不容易侦破，我需要知道435号电文的内容。"

"田中警视正，警视正没必要来来回回找这些东西，以后就忘了外务省史料馆和文件库吧，你只要不断地告诉媒体劫持犯是罪恶深重的人即可。"

田中有些愕然，这实在违背他作为刑警的原则。

"如果我们以劫持一国的皇太子妃是一种寡廉鲜耻的不道德

犯罪行为作为基调，向两国政府施压，那犯罪动机就不会成为大问题了。明天外务省会发表声明，公布劫持犯是外国人，若皇太子妃发生什么意外就将是两国政府的责任。"

"皇太子妃真的会发生什么意外吗？"

"哈哈哈，田中警视正刚刚不也说劫持犯有政治目的吗？"

田中感觉外务次官是个不好对付甚至会耍阴谋的人。

"这种有政治目的的人物会让皇太子妃落入险境吗？这样的人物怕是比任何人都清楚结果会怎样吧？"

"的确，罪犯绝对是政治犯。"

警视总监的眼神明显是在迎合外务次官所言，他觉得案件一旦演变为外交问题，警方就不会被问责了。

然而，田中无法认同二人的想法，他皱着眉头说："历史的复仇也是复仇，稍有差池皇太子妃殿下的安危……"

"田中警视正，只要我们不隐忍，不让劫持犯的阴谋得逞，他们就毫无办法。劫持犯会因此而加害皇太子妃吗？那样的话，无论他们有什么目的，都将随着皇太子妃的被害破灭。我们将向世界宣布，他们的犯罪行为是世界历史上前所未有的不道德而且反人类的。我们将站在受害者的道德制高点上，赢得同情。还有谁会反对新教科书呢？"

政治太可怕了，难道要牺牲皇太子妃？

田中郑重地说："次官先生，据我所知罪犯并不好对付。一旦公布他们是中国人和韩国人，人们的注意力一定会聚焦到犯罪动机上。"

"总之，外务省会把这件事掉转大方向变为外交问题。所以，田中警视正可不能总是无谓地发出罪犯劫持动机是历史问题这样截然不同的声音，明白吗？"

迫于高压，田中默然无言。

第二天上午，日本外务省就皇太子妃劫持事件发表了声明。

警视厅向内阁汇报了这段时间的侦查结果，劫持皇太子妃的罪犯系中国人和韩国人。对此，外务省与警视厅已经要求两国政府协助缉捕罪犯，若皇太子妃遭遇不测，无疑将是两国政府的责任。

外务省发表的声明虽然简短，但波及甚广。

单向通行

上野高中教授历史的藤泽老师一进教室就感觉乌烟瘴气。打开教科书，他正要开始讲解镰仓时代的土地制度时，一名学生举起了手。

"小田，怎么了？"

"关于皇太子妃劫持事件，我有个问题。"

藤泽本想制止学生，但考虑到教室里的整体氛围，他决定听听是什么问题。

"好吧，什么问题？"

"外国人可以这样劫持监禁我们国家的皇太子妃吗？"

"毫无疑问，无论是外国人还是本国人，都不能劫持皇太子妃。就算不是皇太子妃，普通人也一样不可以。"

"他们为什么要劫持皇太子妃呢？"

"原因尚不清楚，警方正在侦查，很快会公布的。"

"我不是想把个别行为当成问题。前几天东京都知事石原慎太郎说，中国人生来就有犯罪的遗传基因，似乎应该把中国人和韩国人从我们日本驱逐出去。"

"这种看法没有根据，犯罪是一种个人倾向，与个人的环境和条件有关，而'犯罪的民族性'这种说法欠妥。"

"可是，事实上中国人和韩国人不如我们日本人有文化，而且还更加残忍无礼吧？"

"不是，在近现代史上，我们日本人曾给中国人和韩国人造成重大伤害。"

"您这是什么意思，老师？"

"你们既不知道南京事件，也不知道提岩里事件。一个国家不愿反省过去的历史，也就不会教授正确的历史。"

"这些是什么事件？"

"我们的日本军人曾在中国南京残杀了许多无辜的市民，当时并非军事作战，不论男女老少一概杀死；而在韩国的提岩里，封锁整个村庄，杀死所有的活物后纵火焚烧，导致整个村子化为灰烬。"

"老师，您有什么根据讲这些教科书上都没有的东西呢？"

"日本政府不愿教授正确的历史。"

小田"唰"一下子扔了教科书。

"哼，骗子！"

小田抬腿站了起来，不仅仅是小田，几名男生紧随其后，甚至女生们也从座位上站起来。

"石原知事说过这是妄图削弱我们日本力量的伎俩，你想让日本人在无尽的忏悔泥潭中翻滚挣扎。你不是历史老师，只不过是个失败主义者，我们不跟你学历史了！"

"坐下，这些坏孩子！你们知道的并不是真正的历史！"

但是，没想到事情发生了。小田等学生一拥而上，挥以老拳，打得藤泽眼冒金星，摔倒在地。紧接着无数双脚残忍地又是踢又是踩，藤泽痛苦地呻吟着。女学生也不甘示弱，积极参与殴打自己的老师。

绝妙反击

"哈哈，田中，现在能松口气了，案子推给两国警方了。今天晚上一起去喝一杯吧。"

田中沉默无语，他真的很郁闷。

"怎么了？田中警视正，你好像有点儿不高兴？"

"我理解不了，我们警视厅为什么要把政治因素置于单纯的侦查精神之上。"

"田中，别太担心了。有关罪犯的所有依据都在韩国和中国，让那边的警方去侦查好上百倍，我们也能保持一个轻松的状态迎接新挑战，这样的结果不是更好吗。"

田中摇头。

"劫持犯可不是轻轻松松就能探明真实身份的人。"

"我知道，我更清楚这段时间你花费的精力有多大。现在案子要通过政治渠道解决。实际上，罪犯是外国人的讯息公开后，我们不是松了一口气吗？如果对两国政府施压，罪犯是无法对抗的。即便说劫持犯是出于对日本的历史认识心存不满才实施犯罪，可无论有什么理由，罪犯都已经犯下了劫持皇太子妃这种不道德而且反伦理的重罪，不会得到人们的认可。韩国那帮叫嚣着反对我们修改历史教科书的人，这回遭到打击，也该叹息反省了吧。"

侦查部长十分清楚这个案子的政治意义。

田中心想，站在日本国的官方立场，不能说侦查部长和外务次官的想法就是错的。但他却感到不安，劫持犯可不会任由日本警方这么逍遥自在。

没过多久，田中的不安很快变成了现实。

第二天早上看到《读卖新闻》的日本人全都目瞪口呆，报纸下端广告栏位置刊登了一条史无前例的诡异广告，而且不仅刊登了这条广告，刊登广告的过程也密密麻麻地填满了报纸的报道栏。

> 日本政府要在今天之内公开两份文件。第一，向所有媒体公开外务省保存的《汉城公使馆发电文第435号》；第二，面向全体国民公开1937年12月13日的《东京日日新闻》。之后将释放皇太子妃。

曾被外务省匆匆遮掩的罪犯交换人质条件竟然出人意料地登上了日报的广告栏，劫持皇太子妃的动机彻底公开在全体国民面前。

田中凌晨接到电话赶到警视厅，尽管报纸已经原封不动地登载了刊登广告的经过，他还是把报社相关人士一一找来，重新仔细调查。

"广告刊登申请没有到广告局，而是到了编辑部次长这边？"

"是的。"

"为什么会这样？"

"可能劫持犯认为对于报社而言，广告内容十分敏感。"

"你怎么知道是罪犯？"

"他做了详细的自我介绍，还说了护照编号，和三名女性交往时使用过的手机号码……"

"劫持犯是通过电话申请刊登广告的吗？"

"对。"

"发生这种事情，应该立刻向警方报告。"

"当时太吃惊了，没有想到这一点。"

编辑部次长找了个俗套的借口，自己也讪笑起来。罪犯似乎突然意识到了报社的新闻习性，在这个世界上，没有哪家报社会拒绝超越独家新闻意义的广告。这是在提醒警方皇太子妃处境堪忧吗？

"罪犯有没有说过什么时候再联系之类的话？"

"没有。"

追踪罪犯打电话的位置，发现仍旧来自美国纽约的一部公用电话。

田中明白罪犯的广告是一次绝妙的反击。果然外务省方面一大清早就打来电话，没有经过警视总监和侦查部长，直接打给了田中。

"田中警视正，我是外务次官。"

外务次官的气息不太平稳。田中凭直觉认为他已经惊慌失措，回想起他那么强硬地坚称罪犯无法对抗时的样子，他想苦笑，但是强忍住了。

"到底是谁登的这个广告？现在还没查出罪犯的真实身份吗？"

"是的……还没有，不过您给了我们文件库出入许可名单……"

"忘了那份名单吧，里边不会有劫持犯的同伙，全都是核心集团的成员。"

"会不会被什么人泄露出去？也许劫持犯用金钱等来诱惑……"

外务次官不客气地打断了田中的话："我说的是核心集团，明白吗？他们全都是和日本共命运的人，视保密为生命。就算是不起眼的文件也绝不会外泄，何况435号文件的存在与否都是绝密中的绝密。"

"您总归要公开电文吧？"

外务次官干脆利落地回答："现在没有那份电文。"

"这个时候要说实话了。"

"是真的，没有，不见了。"

"那劫持犯把皇太子妃……"

"那也没有办法，因为确实没有。我想，那些家伙也绝不会有其他办法。"

外务次官又恢复了自信的语气。田中却认为罪犯赢得了这场战役。如果能把全体国民的注意力都集中到消失不见的435号电文上，迫于舆论压力，到时候政府也不得不公开。

半天之后的事态发展却出乎田中的意料，当天下午外务省正式向媒体表示不存在这份电文。

劫持皇太子妃的目的

美惠子努力忘掉上次试图逃跑时与罪犯发生的摩擦，昨天也像没有发生过任何事情一样泰然自若地散步。她一边揣测着罪犯所说的"稍微等一等"，一边冷静下来。晚上罪犯拿来了饭菜和一份旧报纸，在美惠子面前坐下先开了口。

"我已经要求日本政府公开那份文件了。"

美惠子的眼睛亮了起来。

"知道结果如何吗？"

"……"

"没有任何答复，反而发表声明说不存在那份文件。"

美惠子尽量不流露出失望的表情，皇太子应该比任何人更加不会坐视不理，却说没有那份电文。美惠子勉强淡然地问道："你上次说大概能推测到那份电文的内容，为什么还坚持要求外务省公开呢？"

"当然有原因。"

"说说你的原因吧。我反复说，如果向我公开一切，也许我会接受你的劫持动机，否则我会自己做出些极端的决定。无论你是否释放我，我都会依照自己的想法行事。"

劫持犯知道美惠子的意志变坚定了，点了点头。他并不是怕美惠子惹出什么事，只是想向人一吐自己心中埋藏已久的往事。

劫持犯像是在回忆过去一般，目光朝着半空中看了一会儿，随后开口说道："这段历史要追溯到1895年10月8日。当时就任朝鲜公使的三浦是为了杀害王妃而特别选拔出来的。他扶植国王的父亲大院君为傀儡，从当天解散的训练军中挑选了部分人作为随从。然而，这些人实际上却是以日军、警察、日本浪人为中心的，他们凌晨将大院君劫持到轿中，率先攻入景福宫。当时，我的曾祖父是侍卫队的指挥官，可他一看见日本浪人攻进来，就舍弃了国王、王世子和王妃，自己和士兵们一起逃跑了。"

美惠子没有说话，静静倾听。

"我自幼酷爱历史，对其他功课不是特别感兴趣，但只要是历史书，就可以沉迷其中忘了吃饭。读到广开土大王碑的故事时我会不由得高兴，而高句丽因新罗和唐朝联军灭亡时我会流下眼泪。最后我虽然报考了历史系，但在上大学前，就已经读通了韩国史。不仅仅是历史上的真相，还有看待历史的眼光，继而甚至是人类应该如何生存如何逝去的问题，我都和历史放在一起进行思考。"

美惠子根据劫持犯此前显露的品性，完全能够想象他年轻时的岁月。

"在我看来，先辈为独立运动献出宝贵的生命，他们的后代却在忍饥挨饿；而亲日派的后人依旧花天酒地、享受荣华富贵，这是历史上一个巨大的污点。"

美惠子点了点头，劫持犯说到了年轻人心中都有的赤子之情。

"于是，我开始挑出那些在我们历史上最可耻的人物。其中，自然就有占据了护卫一职的人。"

"……"

"林锡浩，身为保护国王的侍卫队指挥官，舍弃了国王，舍弃了王妃，舍弃了王世子逃跑。我追查他的后人，如果他的后人正享受着权势，希望能把他们找出来道个歉。"

转瞬间，劫持犯的语气和表情突然浮现出自嘲和哀叹。

"他和我同姓林，追查起来也很容易。可是，在一个秋雨霏霏的阴沉午后，我在家谱上发现了他的儿子、他的孙子、他的曾孙的名字时，我当场呆若木鸡。我的曾祖父、祖父、父亲的名字逐一出现在林锡浩的名字下面，接下来就是我的名字附在那里，万万想不到我正是他的后人。"

他用沉重的语气接着说道："从此之后，我对曾经无限热爱的历史失去了兴趣，我想离开历史，或者说我想离开韩国，我讨厌自己的姓氏林，也厌恶自己的名字善规。"

美惠子能够理解他的心情。

"大学没读完我就离开了韩国，父亲希望我去美国学习，我对历史感到幻灭，父亲劝我去读神学院，那是父亲曾经就读的神学院。我发自内心地感谢父亲的劝告，因为我可以在神的怀抱中感受到平和与爱。"

美惠子并不觉得林善规的人生故事完全陌生。

"我可以无比幸福地生活在父亲莫大的财富与关爱中，鼓起勇气决定这样生活下去。不过，我遭遇了一些新的真相，马上意识到自己就连宽恕他人的资格都没有。"

"发生了什么事情？"

林善规只是默默地点头，美惠子渐渐融入他的故事当中。

"不只是林锡浩自己，我终于知道了我的父亲、我的祖父是如何在韩国社会中生存的。"

"……"

"我的父亲是韩国无人不晓的知名牧师，现在也是率领着无数信徒的神圣的上帝仆人。我一直很尊敬父亲，常常感谢父亲在我彷徨的时候劝我去读神学院。然而，一个偶然的机会我却得知父亲曾为军事独裁者举办早餐祈祷会。"

"为军事独裁者举办早餐祈祷会，这是什么？"

"意思就是，为虐杀稚嫩学生扼杀自由以便掌权的大韩民国最恶劣的军事独裁者的未来做祝福的祈祷会，而且是发生在数十名无辜学生丧命之后。我那同为牧师的祖父曾在日本强占期周游全国传教，动员青年人参军，为日本而战。曾祖父、祖父、父亲三代人全都是做着最令人不齿的事情生存下来的。"

美惠子不由自主地皱起眉头，林善规的悲凉心境令她难过。美惠子感情丰富，心胸宽广，善于理解他人，即使是劫持犯也能感受到天性善良的她那份人际间的怜悯之情。

"我大受刺激，最初是对自己的血统感到幻灭，但这种幻灭逐渐转移到了我曾经信奉的神明，对我来说不再有值得留恋的地方。"

"我理解那种孤独。"

"我离开祖国来到日本，我甚至没有资格说着侵略什么的去辱骂日本人。我不知道自己和日本人有什么区别，这种羞愧心理让我像日本人一样为人处世，逐渐积累了诚信与声名，没有人认为富有、日语流利的我是韩国人。到日本几年后我来到这个地方，大部分时间都在读书和思考中度过，同时为人类的鸿沟和隐藏的历史真相而苦闷。不过，在如此度日的过程中发生了两个变化。"

美惠子对林善规的故事产生了强烈的好奇心。

"我终于可以宽恕父亲，拥有了能够真正做到宽恕人类这种可怜存在的力量。这并非宗教中所说的那种教条的宽恕，而是源于对人类局限性领悟的宽恕。在认识到人类局限性的那一刻，我需要神明，于是重归为一个真正的基督徒。"

美惠子感觉林善规的内心世界绝不平凡。

"我活着一直在为父亲赎罪，还设立了教会，路下边隐约可见的教会就是我担任牧师的地方。"

直到此时，美惠子才明白搜查的足迹触及不到林善规的原因所在，没有哪个警察会怀疑一个地区的知名人士兼教会牧师是劫持犯。

"另一个变化是我又对历史产生了兴趣。历史，我曾经无比喜爱的历史，不知不觉间使我具备了能够拥抱那段历史的内在深度。"

"万幸。"

看见林善规的嘴角重绽微笑，美惠子心中也不由得舒服许多。

"从长长的自虐隧道中挣脱出来，我也有了勇气去对抗东京举行的反韩示威活动，这一过程中我认识了一个中国青年。"

"那个开车的青年？"

"对，就是劫持你时那个开车的青年，他名叫彭怀德，非常单纯……"

林善规平静地讲起了彭怀德的故事。

林善规到东京时总会顺道去一家咖啡馆。

"你好像是新来的。"

一个给人印象很不错的青年端来了他点的咖啡，青年深鞠一躬向他问好。

"我叫彭怀德，是新来上班的兼职学生，请多多关照。"

"看着像是个中国留学生啊。好吧，你是学什么的？"

"我来日本学习历史专业。"

"是吗？我也很喜欢历史，我姓林。"

从此以后，林善规每次顺道去咖啡馆都会和彭怀德聊一聊。有一天晚上他目睹了令人吃惊的一幕，就是中日围绕钓鱼岛问题发生冲突的那个晚上。他偶然看到在赤坂爆发的反日示威活动队伍中，彭怀德高呼激昂的口号站在队伍的最前列。

看似单纯平和的彭怀德竟然有如此激情的一面……

彭怀德没来咖啡馆上班。林善规喝完一杯咖啡，经过小胡同回酒店的时候看到了匆匆忙忙跑去上班的彭怀德，他高兴地摆着手喊道："彭怀德！今天迟到了，有什么事情吗？"

彭怀德僵硬的表情放松下来露出微笑，正冲林善规低头问候的时候，一辆汽车突然停下来，从车上冲下来四五个男人开始痛殴彭怀德，彭怀德很快血肉模糊地倒在了街上。听到林善规的惊呼声，歹徒们回头看去的一刹那，彭怀德从怀里掏出了一把尖刀迅速站起来。彭怀德举起尖刀仿佛精神失常一般，冲着其中一个男人高高举起，就要刺下去，他的面孔突然变得很狰狞。

"啊！"

不仅是刀，彭怀德瞬间迸发出的戾气吓得这些男人惊叫着跑开，而他气势如虎，正要去追这些人的时候，林善规跑了过来。

"放开我！"

彭怀德的眼中有血丝，他已经失去了理性，林善规的劝说丝毫不起作用。彭怀德平复不了激动的情绪，大叫起来。

"我让你松手，反正我也不想活了！杀了那些家伙，我也……"

"不行，你这是白白送死！"

林善规抓住暴跳如雷的彭怀德，把他带了出来。林善规表明自己是韩国人，彭怀德随即透露了自己来日本的原因。

"难道吃好穿好开好车被别人羡慕，就是人生的全部吗？南京大屠杀不只是我爷爷的事情，还是整个中国人的事情。我讨厌那些连一次正经的道歉都没听见就忘却大屠杀事实的国人。现在的中国人追逐名利，没有血性，金钱就是他们的宗教，我讨厌这样。我曾梦想在东京牺牲自己，以最惨烈的方式唤醒麻木的国人。"

林善规望着稍显稚嫩单纯的彭怀德，很是感慨。没想到他内心满是对日本的憎恶和仇恨，于是就把他带到了别府温泉。之后，二人相处许久，林善规尽力在他的心中播种爱与宽恕，可是彭怀德始终无法摆脱过去的痛苦记忆与强迫症的折磨。林善规内心深处潜伏的东西复活了，他苦闷一阵后抛出一句话："小彭，我们劫持皇太子妃吧！"

就像回忆很久以前的事情一样，林善规平平淡淡地描述了自己与彭怀德交往的日子。他最后无限感慨地说："那孩子太善良了，所以更加不幸。"

现在美惠子已经知道林善规和彭怀德导演这出劫持戏的原因了。

"你们要向我们日本复仇，是历史的复仇。"

林善规却平静地摇着头。

"否则为什么要做这种事呢？这会给那个青年戴上犯罪的枷锁。"

"这件事不是复仇，也不是犯罪。"

美惠子一时语塞。

"吃惊吧，劫持了人却又不是犯罪。有时候不履行正义反而是一种犯罪。"

美惠子被弄糊涂了，她觉得这是诡辩。

"这不是犯罪，而是面对不义之举揭竿而起。"

"正义的揭竿而起中，会有连劫持都不算犯罪的逻辑吗？"

林善规没接美惠子的话茬，继续讲述自己的故事。

"其实，我试过让那孩子远离历史。南京大屠杀的时候，他的祖父是村中唯一的幸存者，所以他一直都生活在阴影里，替祖父满怀憎恶和怨恨地活着。我希望他忘记过去，像普通的年轻人那样生活得阳光快乐。"

"……"

"我有钱，也有自信，我愿意为那个孩子花钱。他一度背离了黑暗的回忆，一步步走向光明的世界，心情逐渐开朗，也有了生活的乐趣。可是，有一天他突然陷入了无法抑制的愤怒之中，给我打来电话，起因极其意外，竟然是教科书。"

"教科书？"

"他看到报道说，新教科书中将南京大屠杀称为南京战役，把钓鱼岛表述为日本领土。他用悲壮的语气问我，有没有办法让这种颠倒历史黑白的教科书消失。我说，火烧印制教科书的印刷厂的话自己也会葬身火海。经过深思熟虑，我把他带进了这次劫持中。"

"那劫持我与新教科书，还有435号电文之间存在什么联系呢？"

"韩国政府已经要求联合国教科文组织对新教科书做出不良判定。从现在起八天后，联合国教科文组织针对该教科书的审查就将结束。但是，以日本历史界泰斗斋藤为核心的日本政府与学者们正在提出强烈抗议，所以联合国教科文组织判定该教科书不良相当困难。"

"我理解不了，因为这就劫持了我？"

"现在离审查新教科书只剩一周时间了，这期间只要能拿出让日本百口莫辩的证据，就可以颠覆联合国教科文组织的审查结果。"

"……"

"所以，我和彭怀德决心劫持你。"

"真是了不起的合作啊。不过，到底什么样的证据能颠覆已经做出了结论的审查呢？你们这是在梦想不可能的事情。"

林善规摇了摇头，把自己带来的旧报纸递给美惠子。

"看过这个，你的想法就会不一样了。"

美惠子不同以往，这次静静地接过了报纸。

"你是说这份报纸和435号电文上有日本政府无法辩驳的历史事实？"

林善规目光凝重地点了点头，一言不发地离开了房间。美惠子收回落在他背上的视线，展开了报纸。

焚烧明成皇后尸体的缘由

　　劫持犯要求公开435号电文，外务省对此表示拒绝，日本列岛随即哗然一片。媒体集中叩问外务省，外务省只表示那份电文已经遗失，却无法知晓是何时遗失，又是如何遗失的。

　　"那劫持犯怎么会知道有这份435号电文？"

　　记者们锲而不舍地刨根问底。

　　"这个不清楚。"

　　"那份电文是什么内容？"

　　"这个也不清楚。"

　　外务省一概以"不清楚"来回应。记者们四处联系学者追问存疑电文的事情，却没有一个人知道。外务省看似获得了胜利，但次日一份写有劫持犯交换条件的传真同一时间群发到日本各主流媒体，传真号归属地和之前一样还是纽约，媒体没有接受政府提出的延缓报道要求。

　　日本政府声称没有存疑电文之举幼稚至极，若日本政府如此不负责任，我方将无法继续保证皇太子妃的安全。如果电文公开需要时间，那从今天起给你们整整七天的缓冲时间。作为替代，日本政府要先公布杀害明成皇后之后缘何焚尸。

　　这次提出了更加具体的要求。人们狂热的注意力转向追究历史的真相，只要聚在一起就会谈论435号电文与明成皇后。但是，日本政府这一次依然保持沉默。

　　"劫持犯这是要教育日本国民啊。"

　　听到田中反复自言自语，旁边的小森问道："您说什么？"

　　"罪犯想引发日本国民对历史的关注，暗杀朝鲜王妃时一定有大事发生。他把日本政府无法掩盖的历史真相与皇太子妃劫持事件巧妙地结合在一起，在人们的心中埋下疑惑和羞愧。他利用了皇太子妃。"

　　尽管劫持犯提出只要公开历史真相就会释放皇太子妃，日本政府却始终不予回应，这激起了日本国民的极大愤慨。与外务次官的希冀背道而驰，日本列岛不合时宜地充斥着历史好奇心。

　　"是因为实际上并没有435号电文，政府才不公开吗？"

　　"不是，好像是政府有所隐瞒。"

　　"皇太子妃都这种处境了还要藏着掖着？"

　　"那份电文中是不是有绝对不能向世界公开的巨大秘密啊？"

　　一时间疑云满天。

　　"我们日本真杀死了朝鲜王妃吗？"

　　"看起来是的。"

　　"为什么要杀她啊？"

　　"不知道。"

　　"那杀人后又焚烧了尸体吗？"

　　"劫持犯不是这么说的吗？"

"到底为什么要焚尸呢？"

"谁知道呢，有什么理由要对一个国家的王妃用如此灭绝人性的手段呢？"

"那罪犯会不会杀害皇太子妃当做报复……是不是要焚尸？"

"难道这么恐怖的事情……"

"谁也说不好啊。"

仿佛是为了迎合世人的这种好奇心，媒体也动员了历史学者，开始纷纷推出各自的推测报道。学者们以当时的档案为依据阐释了焚尸的原因。

其中有一篇报道最让人们点头称是，它以广岛法院的草野检察长发给芳川法务大臣的电文为基础。1895年11月9日参与弑害朝鲜王妃的浪人平山和藤胜显昭受审后，草野检察长把他们的供认内容记述到电文上。

当时王妃四十四岁。我们去刺杀王妃，但没有人认识王妃，而且王妃居住的玉壶楼中全是衣着华丽面容秀美的女人，没看到像四十四岁的女人。我们脱掉女人们的衣服检查乳房，即使面部区分不出来，也可以通过乳房分辨上年纪的女人和年轻女人。我们把乳房像四十四岁的女人挑出来用刀砍，最后让王世子来确认尸体，这就是朝鲜王妃。她的面孔虽然年轻，但观察乳房看得出是上了年纪的女人。

一家日报在刊发这则电文的同时，还登载了针对当日情形的推测文章。

浪人们杀死朝鲜王妃时完全有可能用刀砍了乳房，严重的话甚至有可能将乳房胡乱刺得惨不忍睹，因此需要焚烧尸体。

　　舆论沸腾了，首相再次把外务次官叫到办公室责问："次官，你能为没有那份电文的回答负责吗?"

　　次官默默地点了点头。

　　"我有个问题，杀害韩国的明成皇后之后焚尸的原因是什么?"

　　"不是韩国是朝鲜，阁下。"

　　"我问你原因是什么?"

　　"无从知晓。"

失踪文件的下落

火冒三丈的首相送走外务次官后，叫来了检察总长和警视总监。

"二位应该也在密切关注着这两天的事态，关键在于不能确定外务省是否有这份电文。从上次不服从长官的事情可以看出，外务省的官员们并不配合内阁，所以，要秘密地调查外务次官。"

检察总长和警视总监十分惊讶。

"这次调查由检方进行比较好，还是由警方进行比较好呢？"

二人知道首相主意已定，陷入了思考之中。不一会儿检察总长先开口说道："阁下，此事可能由警方进行好些。万一走漏风声，警方既然有特别侦查总部，那警方调查外务次官一事也就显得更加自然。若由检方调查外务次官，人们可能会怀疑内阁不合。"

首相认为检察总长的话有一定道理，就对警视总监做出了指示。

"就由警视厅彻底调查后汇报吧。"

"是，阁下。"

因涉及案件事关重大，即使调查比外务次官级别更高的官员也未尝不可，但总监回到警视厅后却忧虑重重，犹如泰山压顶。

首相因被隐瞒秘密遭受怠慢而迁怒于外务次官，想用行政权力逼迫他低头。仔细想来，外务省官员敢顶撞代表内阁的首相，皆因背后有政治大佬撑腰。

即便是调查外务次官，也不能随意处置他。首相本届任期届满后就会下台，而外务次官却能牵动日本核心之核心。警视总监思索良久得出一个结论，得把这项调查工作交给田中。外务次官和田中有一面之缘，可能会少些不愉快。

"要注意绝对不能伤害到对方的情绪。"

田中心中不大痛快。依照警视总监的指示，调查仅仅是走一圈形式上的程序，田中却想认真地调查外务次官。外务次官有充足的理由接受调查，他可能在不知情的状况下间接提供给劫持犯证据。

"总监，这次的调查一不小心就会令您陷入困境。"

警视总监对此心知肚明。

"您可能会失信于首相。外务次官肯定不会回应任何调查，最终不会有任何结果。如此一来，首相也许认为您和次官沆瀣一气，会不会要求您辞职呢？毕竟理由充分。"

警视总监的脸色变得很难看。外务次官有让人望而生畏的政治势力做后台，可首相大权在握，能够让他立刻下台的人是首相。

"那有没有可能强行调查外务次官呢？"

"有一个办法。"

"什么办法？"

"让渡边负责本次调查。次官手中毕竟还握着重中之重的实权，不能逼供，就得用这种办法代替了。"

警视总监歪着头："到底什么意思？"

"对于自诩精英中的精英，外务次官会认为，和渡边这样的人同处一室本身就是一件折损其自尊心的行为，相当于审讯。"

"的确如此。"

"请您告诉渡边，首相非常关注此事，这样他会情绪饱满地穷追不舍。"

"不过……渡边能撬开次官的嘴巴吗？"

"我会一同参与的。"

"那就这么办吧。"

总监亲自下令，渡边像打了鸡血一样趾高气扬。他因刑讯逼供惹祸上身，被撵到闲职而郁郁寡欢，此刻被重新起用，怎能不欢欣鼓舞。再者田中作为助手一起参与，难题他自会解决。

总监事先打过电话，让人把外务次官秘密带到市内的一家酒店。外务次官听说是首相下令，似乎在努力克制着愤怒。

"我是渡边警视正，失礼了。"

渡边带着特有的粗嗓门走了出来，他一贯主张无论面对任何身份的询问对象，都应该保持这种高高在上的审讯官架势。

"次官先生，您好！"

见田中打招呼，外务次官马上握手，虽然很生气却不愿丢弃从容的气度。

"关于皇太子妃劫持事件，有几个问题想请教外务次官先生，请您放松地回答。"尽管言语恭谨，渡边的脸色却难掩急躁之色。

"好的。"次官沉着应对，依然没有失了身份。

"罪犯说要公开435号电文，您听说过这份电文吗？"

这是典型的警探提问，外务次官一时间有些慌乱。

"没有印象。"

渡边偷偷地嘲笑了他一下。这个笑容让次官十分不快，它无限度地贬低了自己的人格。

"您见过这份电文吗？"

这个问题让他心情更加糟糕。质询他的警官智力实在低下，如果听都没听过，就更不可能看到了。外务次官一想到自己还要继续回答无聊的问题，就非常窝火。他刻意控制着怒气，尽量泰然自若地回答道："没有印象。"

"劫持犯怎么会得知有这份电文，还能指定流水号要求公开呢？"

"我怎么会知道？如果你能抓住劫持犯，到时候我去问问他。"

外务次官的回答夹枪带棒，渡边却好像并不在乎这种揶揄，继续提问。

"您知道为什么要焚烧朝鲜王妃的尸体吗？"

外务次官摇了摇头，似乎连答话都不愿意说了。

"次官先生的看法如何？"

"什么看法？"

"报上说朝鲜王妃的乳房这般那般，次官先生也持相同看法吗？"

"这群笨蛋！这就是劫持犯的目的！"

外务次官暴怒了，渡边丝毫不为所动。

"请问次官先生对此是如何考虑的？"

"三浦公使出身行伍，事件发生后他下令焚烧尸体。若留下尸体，朝鲜人不就因此聚集起来了吗？弄不好会激起暴动。"

"在我们日本，军人们怎么做呢？杀死国王、王妃或者是敌将，然后焚尸吗？"

"不会。"

"那为什么要焚烧朝鲜王妃的尸体呢？"

"因为朝鲜人会扛尸过街。"

这时田中插话道："次官先生，我能问个问题吗？"

外务次官点了点头，好像就等着他这句话。

"罪犯要求公开那份电文遭拒后，就询问为什么焚烧朝鲜王妃的尸体，这是不是相同内容的问题呢？"

外务次官不言语，他知道言多必失。

"据警方判断，罪犯如今正在施加强大的暗示，就是那份消失了的电文恰恰记载了焚烧朝鲜王妃尸体的原因。"

"……"

"我们需要知道这一原因，只有这样才不会受劫持犯摆布。电文正是抓住劫持犯的钥匙，掌握了劫持犯获知这一文件的途径，就可以拘捕此人。不过，若是您坚称那份电文本身不存在的话，无异于隐藏了能够抓获劫持犯的线索。请您再想一想，真的没有见过那份文件吗？"

外务次官好像有一瞬间的迟疑，但随即仍然坚持着之前的态度。

"没见过。"

田中没有忽略外务次官细微的心理变化，渡边也是一样。

"您看看，次官先生！请不要再说谎了！您总这么抵赖吗？这不就是共犯吗？"

渡边有一个罕见的特点，就是无论面对高官显贵还是平民百姓，他都一视同仁地粗鲁无礼。外务次官养尊处优惯了，他自打娘胎出来就没碰到过这么侮辱人的言辞，顿时火冒三丈，浑身抽搐。

"请照实回答！我们还要向首相好好汇报呢，真是的！"

外务次官又气又怕，身子直哆嗦。

渡边不管这一套，询问一直持续到深夜，外务次官仍一口咬定不知道。

首相深夜接到石原知事打来的电话后烦闷不堪，电话内容与傍晚时分前首相中康打来的电话完全一致。

　　"这么晚还来电话……有什么事情？"

　　"听说正在某地对外务次官进行调查？"

　　"据我所知是这样。"

　　"首相您当然有理由指示这么做，但最好现在就放人。"

　　"不行，我想用此次机会纠正风气，上次出现过不服从长官的事情。"

　　"我完全可以理解，可是涉及新教科书问题……倘若此事被媒体知晓，就会暴露出我们的政府中存在严重的意见对立。"

　　"新教科书？"

　　"是的。众所周知，新教科书的编撰参考了外务省的各种档案与文件，外务次官也深度参与到此项工作中。在劫持犯提及朝鲜王妃的时候，问责次官可能会反映出严重问题，新历史教科书很早之前就是由政界首脑部门推进的。"

　　首相犹豫了，中康、石原等人就站在外务次官背后，而自己是在他们的积极协助下才当选首相的。尤其是石原的建议对于在国民面前树立一个强大的政府新形象助力良多。

　　日本国民想要一个能堂堂正正发出自己声音的首相，而不是一个只会看人眼色的首相，石原提议趁机发表坚定的信仰声明。依照石原的建议，首相在发言中表明无论是参拜靖国神社还是教科书问题，都不会受到别国干预。那时他的支持率会一飞冲天，令人难以置信。那一刻，首相才知道东京都知事石原受人欢迎的秘诀何在，厌倦了看他人眼色的国民已经变得非常偏激。

　　"可是皇太子妃命悬一线，外务次官却要在这旋涡中心对外务省的文件缄口不言吗？难道这样都行吗？"

"可能外务次官也不知道吧……我刚刚得知，那份电文在十余年前首次教科书歪曲风波后就不见了。"

"知事的意思是知道电文的内容了？"

"我也无从知晓，只是推测有人认为那份电文的内容过于刺激，才销毁或者藏起来了。"

"这么说外务次官也许真的不知道其中的内容？"

"不管怎么说，最好把外务次官送走。另外，这份电文就此揭过比较好，稍有差池我们将沦为劫持犯的帮凶，首相也应当考虑到这一点。"

"嗯。"

首相挂断电话后气闷非常，给警视总监打了电话。

外务次官离开酒店时恶狠狠地瞪了瞪渡边。

"对不起。"

外务次官欲言又止地离开了，田中紧随其后跟着进了电梯。

"您辛苦了，次官先生。"

电梯马上就到一层，田中用十分低沉恳切的声音问道："次官先生，那份文件有没有可能从外务省流失后保存在个人手中？我会誓死保守这个秘密，为了挽救皇太子妃的生命，还请您告诉我文件的内容。"

外务次官向前走了几步，转过头斩钉截铁地说道："无论发生什么事情，这份文件都不能公开！"

外务次官扔下这句话，头也不回地走出大门，朝等候他的轿车走去。不过，田中却暗呼快哉，外务次官算是帮他确认了电文目前肯定存在。

绝佳机会

美惠子继续躺在床上辗转反侧。从天色变黑时起，她的下腹部就出现了间歇性疼痛，现在扩展到了整个腹部。她疼得难以忍受，再怎么咬紧牙关强忍着，还是不由得传出了呻吟的声音。

"啊！"

时间越长疼痛越严重，自尊心很强的美惠子没有去喊林善规。虽然人身遭劫持，皇室的尊严却不能不考虑。美惠子口中咬着一条干毛巾，无论如何她都想独自战胜痛苦。然而，越是忍耐，疼痛就愈加厉害，美惠子的意识逐渐模糊起来。就在她觉得可能要遭遇不测的时候，脑中突然飘过一个念头。

"难道……"

前不久，主治医生曾说这次受孕的可能性很大。回想起这句话，美惠子马上大声呼喊起林善规，不安的感觉突如其来，她心急如焚。

美惠子随即又重新稳定了情绪。即使已经怀孕，目前的情况下也没有其他办法，把林善规喊过来又能做什么呢？美惠子深入骨髓地切实感受到了自己被劫持这一事实，泪水不停打转，顺着面颊流了下来。

假如现在身处皇室，大家该有多么高兴啊。已经结婚八年的皇太子夫妇尚无子嗣，竭尽所能地尝试了各种方法都不见成效，让人无可奈何的是，如今遭人劫持却有了怀孕的迹象。

美惠子赶紧调整了姿势，想到自己可能已经怀孕，哪怕腹痛也不能再趴在床上。美惠子把双手合拢盖在腹部，不过这个姿势也没能保持多久，就在她把双手放在腹部又蜷缩起身体努力忍着眼泪的时候，"咣当"一声门开了，林善规走进来。

他一看到美惠子抓着腹部，马上快步走过来，脸色沉了下来。美惠子的额头上满是汗珠，他感觉不是可以轻松解决的问题。

"很疼吗？"林善规观察着美惠子的表情问道，声音平淡却藏着紧张。美惠子艰难地点了点头，虽然意识模糊，可还是担心上次逃跑失败，如果劫持犯觉得自己在装病可如何是好。她真的十分厌恶被人怀疑的感觉。

"哪里疼？"

美惠子没有回答，就算照实说了又有什么用，林善规根本不可能带自己上医院。她强忍呻吟，费劲地开口说道："是腹痛。"

哪怕痛苦不堪，美惠子也尽量不失高贵端庄。

可是，下一刻美惠子就在腹部的刺痛前溃不成军。

"啊！"

林善规的脸色非常难看，直觉告诉他镇痛剂之类的东西应付不了眼下的情形。

"我们去医院！"

美惠子顿时怀疑起自己的耳朵，她疼得陷入昏迷也能清楚地听到对方说去医院。林善规把美惠子搀扶起来，美惠子一边艰难地挪动着脚步，一边怀疑这个人到底是否精神健全。

"要去哪个医院?"

"妇产科。"

林善规的脸上瞬间布满了惊讶,先是惊讶,接着是无措。如果是妇产科,林善规本人就不能一同进入检查室。林善规不在检查室,只要美惠子一句话,医生和护士会马上报警,那经过了漫长岁月苦心筹划的一切都将化为泡影。

"唉……"

林善规轻叹一声,去医院,特别是妇产科,等同于去警察局。美惠子认为林善规理所当然会拒绝,可他却默默地搀着美惠子坐上车驶下山去。

"我们要做个约定。"

开车下山的路上,林善规凝重的表情始终没有消失,最后终于开了口。美惠子点了点头,林善规口中要说的事情不用听她也知道是什么。

"用不了多久所有的事情都会了结。今天我去医院意味着什么,你应该更清楚,我的一切都取决于你……"

林善规话还没说完,美惠子就点了头。

"谢谢你。"

车辆驶入公路之前,林善规停车走下来打开后备厢,然后搀扶着美惠子,一脸歉意地说道:"这么做不大合适,但希望你能理解。"

美惠子点了点头。当她在林善规的搀扶下被关进后备厢的时候,理解了自己的内心,虽说这种情况下只能点头,但另一方面可能是被林善规痛快地带自己去医院的行为所打动。美惠子在后备厢里感觉经过了一个村庄,可能是遇到了信号灯,车总是开开停停。

驶离村庄的时候，遇到临时盘查。

听到警察的声音，美惠子高兴得快要跳起来了，似乎警察马上就会打开后备厢查看，这样所有的事情都将结束。然而，希望与喜悦过后紧跟着的是对林善规的怜悯，他一心为保证美惠子的健康才决心去医院，世界上哪会有这种劫持犯？时间转瞬即逝，但美惠子的脑海中却交错着无数念头。

"辛苦了。"

林善规说完这句话，警察接下来自然要开后备厢检查。美惠子没有想到，耳边传来的竟然是警察恭敬斯文的话语。

"啊，是林牧师，真是失礼了。"

紧接着，又传来了林善规和蔼的声音。

"这有什么可失礼的……辛苦了。"

"谢谢您，您慢走。"

美惠子的脑海中回想起林善规说过自己是这里的知名人士，他从很久之前就开始在这个地方担任教会牧师了。

美惠子突然觉得自己应该拍打后备厢。如果手敲脚踹后备厢的话，盘查警察立刻就会反应过来，她感觉结束这一切的机会来了，她的命运如今掌握在自己手里。就在她准备用力拍打后备厢的一刻，却想到了与林善规的约定，他不是一脸紧张急切地和自己做了约定吗？自己当时不是点头了吗？

美惠子握拳的手失去了力气。不过，受胁迫的情况下出于无奈做出的约定有义务去遵守吗？以后还会再有这种机会，到那时也要做出这种选择吗？皇太子妃摇了摇头，这个问题很容易确定答案。然而，对于林善规表现出的人性化关照，她却决定不了应该如何回应。即便自己目前受人胁迫，也无法随意忽视林善规宁可身处险境，仍毅然送自己去医院的那份真切心意。

美惠子专注思考的时候响起了刹车的声音，紧接着后备厢门被打开。这是在某个村子幽深的胡同里，林善规似乎非常熟悉附近的地形。

林善规伸手帮美惠子出后备厢的时候，她的疼痛已经缓解了许多。美惠子有些着急，心想林善规不会看不出这种迹象，但他却没有任何表示地把车开到医院门前，然后按响了夜间紧急铃。

这是一名医生开设的私人医院，诊疗项目包括内科和妇产科。护士一开门，林善规马上搀扶着美惠子平静地说道："是妇产科患者。"

美惠子马上又感谢了一次林善规的关照，他可以说自己是内科病人然后一同进入检查室。那样自己就无法摆脱他的监视，不能在医生和护士面前说什么了。

然而，林善规说得很清楚，自己是妇产科病人。他究竟有什么办法能够如此泰然自若？美惠子大惑不解，难道他跟这家医院有特殊关系，或者他预备了超乎常人想象的掌控自己的方法？

殊不知美惠子再怎么冥思苦想，也不可能知道，林善规这一次真的听天由命、无计可施了。

林善规走进大门，松开搀扶美惠子的手，把她交给护士。医生看起来年纪很大，也许他年轻的时候生活在城市里，如今在这种小村子把为患者看病当成了一种休闲，护士则有一张稚嫩脸庞，像是刚刚高中毕业。美惠子直挺挺地仰着头希望他们能认出自己，可是也许是素颜的缘故，这二人完全没有认出她。

美惠子进入检查室之前，林善规大声说道："花子，我在这等你。护士小姐，我们没带健康保险证，就用现金结算吧。"

检查结果出人意料，仅仅是单纯的腹痛。医生开完简单的处方就要走，美惠子急忙抓住了医生的衣角，她太清楚了，这是摆脱罪犯的最后机会。

"夫人，别担心，只是单纯的腹痛。"

一无所知的医生用还没睡醒的声音说完就回去了。护士一边抓药一边在帘子后边问道："花子女士，请问年龄是……"

美惠子再一次感到了无可奈何，好不容易才抑制住高声呐喊"我不是花子，我是美惠子"的冲动，不露端倪地答道："三十七岁。"

护士马上抓完了药，药袋上写有花子的名字。

美惠子觉得倒霉透了，即便她说自己是皇太子妃，在这样偏僻的山村小医院，谁会相信呢？没准儿还会当她是精神病。美惠子暗自感叹时运不济，于是神情怏怏，一言不发地出了医院。

汽车即将开出村子的时候，林善规又把车停在一个静谧之处打开了后备厢。美惠子再一次感到屈辱，主动弓着身子钻进后备厢的动作固然滑稽可笑，但借助林善规之手亦非她所愿。

"谢谢你。"林善规郑重地向美惠子道谢。

经过刚才遇到的盘查所时，林善规一句问候就避开了盘查，然后开上了山路。到了山庄，林善规打开后备厢搀扶美惠子，美惠子却甩开了他的手。

回到房间，美惠子的心情极其复杂。在盘查所和医院里没有表明身份，她有些后悔；与此同时，她又为信守承诺而心安理得。这两种水火不容的矛盾心理交织在一起，使她心绪烦乱。最终，还是慈悲和人性占了上风。林善规不顾危险带美惠子去医院看病，而美惠子出于感激和诚信没有暴露他，两人之间颇有君子惺惺相惜的风度。

过了一会儿，林善规煮好大麦茶，端着盘子走进房间。

美惠子好奇地问："朝鲜王妃是什么样的人？"

林善规犹豫了一下说道："是个聪明人，一个充满智慧懂得进退的朝鲜女人。王妃被日本浪人蹂躏胸部，倒在刀下的时候也没有呻吟，只是询问王世子是否安全。"

美惠子点了点头，自己只是单纯的腹痛，都要因为可能怀有身孕而担心胎儿的安全，更何况屠刀下挣扎的朝鲜王妃。美惠子的眼前浮现出朝鲜王妃被日本浪人蹂躏胸部、被刀砍得血肉模糊之际还在忧心儿子安全的场面，心里非常难过。

"对不起，同为日本人……"

林善规静默无语。

"关于那份电文，我们日本政府还没有答复吗？"

"没有。"

林善规刚要离开又停了下来，不带一丝感情地缓缓说道："明天我会把狗送回到主人那里。"

美惠子一边仔细思考林善规把狗送走的用意，一边进入了梦乡。

千钧一发

近藤巡警今天脱离了同事们单独行动。他接受了小森刑警的特别指令，作为特别侦查总部的派出人员在这里工作，按照田中所说只负责调查"怎么也不会怀疑"的人。

一般平庸的警察对这种弊大于利的工作避犹不及，近藤却恰恰相反，他对别人都不愿做的事情有一股特殊的热情。他独自一人翻遍了数十个村子查找线索，这一次开着巡逻车向菊村驶去。

"都搜了几十次了，我们村子没有可疑人员。"

派出所的巡警一见近藤就连连摆手，旁边的巡警一脸倦色，没好气地补充道："拜这二十四小时紧急任务所赐，都快忘了孩子长啥样了。"

近藤照旧结结巴巴地说道："我……我想见见这个村的知名人士。"

"知名人士？他们怎么了？"

"那个……这是一项搜……搜查工作。"

派出所的巡警们笑了起来。语无伦次的巡警竟然说要搜查知名人士，岂有不笑之理。

"这个村里称得上知名人士的，也就是我们的所长、居委会主任、消防队长、邮局局长、牧师这些人。"

反正事不关己，一个巡警念叨了几个人出来。他心中暗笑，近藤去找这些人一定会丢人现眼。

近藤巡警把这些人的住址一一抄下来，然后傻乎乎地去了派出所所长家。

"辛苦了。"

所长看过近藤携带的特别侦查总部身份证明，客客气气地和他打了招呼，但等他一出大门却啧啧咋舌。

近藤挨家挨户地造访知名人士，和一直以来的结果一样，白费气力的同时身后不知遭受了多少嘲笑铩羽而归。

到了夜幕降临的时候，一直不知疲倦的近藤巡警也没了力气，现在还剩一个名人是牧师。他并非初来乍到，很久之前就在这里设立了教会传教。

近藤掉转车头，觉得这样的牧师就算漏掉也不成问题，自己现在出发的话到牧师住处或许已是深夜了。近藤加速驶出了村子。

可是不知怎的，近藤心中却惴惴不安起来。到目前为止，他没有遗漏关西地区知名人士名单上的任何一个人，全部都得到了确认。现在这样离开就违背了原则，他放心不下。于是，近藤离开村子开了一会儿又掉转方向返回，他有不能破坏原则的强迫症。

吃过晚饭，美惠子正望着窗外，发现远处有灯光正在靠近。灯光从山下一直到了山上，是汽车前灯，而且车上的警灯闪个不停。

美惠子的心狂跳，搜查队终于来了，她的眼泪都快出来了。美惠子稳定了忐忑不安的心情，观察着动静。可是，只有一台巡逻车上山，看来警方还没有掌握确切的消息。

"林善规在做什么呢？"

如果林善规注意到这一情况，应该会连忙跑过来把自己转移到其他房间。山庄中有好几个房间，其中不乏外界不易发现的暗室。美惠子居住的房间不能从外边一眼看到，但阳光很好，视野也不错。

美惠子又一次体会到林善规的关照，他在尽最大可能善待自己。

还有不到五分钟巡逻车就会停在山庄的大门前了，警察一下车就会认出自己。巡逻车的前灯在树林里时隐时现，美惠子的心怦怦直跳。

不过，巡逻车前灯出现已经有一会儿了，林善规仍然没有现身，美惠子以为他可能在忙其他事情，没有看见巡逻车上山。

美惠子突然担心起林善规，如果他不把自己藏起来，这一切都将终结。再过几分钟，巡逻车就会到达这个地方，强劲的背叛气流突然席卷美惠子全身。望眼欲穿的巡逻车终于出现了，她虽然沉浸在喜悦之中，对始终没有现身的林善规无限怜悯的种子正不知不觉地破土而出。

当巡逻车的前灯逐渐到了眼前，美惠子的心咯噔一下沉了下去，这人到底在哪儿，正做什么呢？连阴司使者来了都不知道。美惠子心急如焚，焦躁不安地在房门前走来走去。

美惠子自己都不能理解自己，营救自己的巡逻车来了，可她现在到底在想些什么呢？不过，她无法否认，一种不同于理性判断的情感彻底涌进了自己的内心深处。不能让林善规被人抓住，这种焦虑情绪不经意间覆盖了她的大脑。这不是针对林善规的私人怜悯，美惠子觉得自己就像是林善规的同事一样，这是一种难以描述的怪异感觉，但可以确认它源自林善规的犯罪动机。

那天晚上，得知朝鲜王妃被日本人刀砍殒命之前没有惨叫或者呻吟，反而是拼尽全身气力询问王世子的安危之后，美惠子整晚夜不成寐。她的心中好像空了一块似的，伴随着这种空虚感，林善规的心渐渐走近。

到目前为止，林善规从不曾无礼地对待或者威胁她，还不顾危险带她去医院，让她住在采光良好景致优美的房间，这些都是很绅士的关照。

美惠子脑中浮现出林善规的面部特写，在这上边又叠加了一个年轻人的稚气影像，那个青涩的年轻人因为歪曲的历史甘愿冒生命危险。这二人极其清楚劫持皇太子妃结果会怎样，却又毫无保留地将自己的想法付诸实践。此时此刻，美惠子对他们的怜悯之情让自己心如刀割，另外，进入皇室后被埋藏的年少时的正义感也在徐徐抬头。

当当当。

美惠子开始敲门，现在巡逻车马上就会到山庄下边，只要一拐弯一切都结束了。美惠子使出全身力气叩门，可是林善规没有任何动静。

"来人啊！大事不好了！"美惠子口中下意识地发出悲切的呼喊声。

就在这个时候，"嘎吱"一声门开了。

美惠子吓得一激灵，向后退去。冷静下来后，她才发现厚重木门竟然被推开了。

这门竟然没锁？

美惠子开门出来跑到了树林里。她刚躲到树林里，闪着警灯驶来的巡逻车就停在了山庄大门口。

近藤从车上下来，用力拍着大门。

"打扰了。"

可是，里面没有任何回答。近藤大声喊了几次，还是没有回答，于是他朝亮着灯的美惠子房间那边走去。近藤在外边观察了一会儿房间，发现门开着一条小缝，就轻轻拉了拉门把手，厚重的木门竟然很轻松地拉开了。

近藤只是探出头四处观察着房间，他很清楚没有搜查证不得随意进入他人住处。这里明显是一个女人独自生活的房间。

"你是谁？"

突如其来的低沉男声把近藤吓了一大跳，一个男人威严地出现在他身后。

"啊，对……对不起，我是特别侦查总部的近藤巡警。"

"有什么事情吗？"男人没有放松语气。

"因为皇太子妃劫持案，我是来搜查的。"

"所以……"

"您家里正好没人，我绝……绝没有进入房间。"

林善规的眼睛迅速扫视了一圈室内。

"是……是真的，因为门开着……"

林善规确认美惠子不在房间，声音才放松下来。

"我是林牧师。"

"啊，这样啊。我是天理警察局的近藤巡警，正在搜查这附近，今天轮到查这个村。"

"辛苦了，村里的派出所没有提起过我吗？"

"听说您是名人中的名人，不过我正是专门来找知名人士的。"

"专门找知名人士？"

"是的，谁都想不到的人反而有可能是罪犯。"

"这倒也有可能，嗯……你什么时候到这里的？"

"我刚刚到，如果我问问谁住这个房间会不会有些失礼？"

"有什么失礼的？搜查不就是要问这些嘛。"

"太谢谢了，牧师您真是平易近人，有些人一开始就大发雷霆……无权无势的小巡警真是不好做。"

"这个房间是我妹妹住的，现在可能出去散步了。"

"这样啊。"

近藤一边回答一边观察着房内的物品，眼中看到了高跟鞋和女款运动鞋。

"真是漂亮的高跟鞋啊，这么好看的皮鞋很难在乡下见到呢。"

林善规有点慌张，默默地倒吸一口冷气，他不知道这个巡警提及这些是何用意。

"我妹妹住在东京，过来疗养住段时间。"

"原来如此，那……给您添麻烦了。"

"还有什么我能协助的？"

"没有了，能这么见到您就行了，打扰了。"

近藤一边告辞，一边忙不迭地上了车。对于没有什么侦查经验的他来说，无人情况下窥探空房间给他带来了相当大的心理压力，万一牧师向上司抗议，自己麻烦就大了，所以他马上开车驶下了山路。

林善规留心观察了近藤的巡逻车，车里没有人。近藤一下山，他就慌里慌张地进了房间。

简直见鬼了，美惠子消失得无影无踪。林善规又冲到房子外边，把视线聚焦在近藤巡警的巡逻车上，巡逻车完全没有急三火四下山的迹象，中途也没有停车。倘若美惠子在后备厢里，中途应该会停车换到车内座位上，或者是急速冲下山路才对，现在全然不是这样。

回到房内打开卫生间，也没看到美惠子。走出房间来到浴室，还是不见美惠子。林善规好不容易控制住自己焦灼的心情，思考起来。

自己离开家的时间不过短短十五分钟，如果这十五分钟内有其他车辆来到他的山庄再下山的话，应该会遇到他，或者像近藤巡警的巡逻车一样停在山庄前面。现在唯一的结论就是美惠子在近藤来之前就已经脱身了。

林善规离开山庄时没有锁美惠子的房门，因为从医院回来之后，他感觉和美惠子已经拉近了人际关系。简而言之，这对他来说是彼此间的信任。假如美惠子在房间里的时候近藤巡警前来，自己只有束手就擒。但是，美惠子现在去哪里了呢？

得出美惠子已经脱身的结论后，林善规怀着无比复杂的心情拉开了美惠子的房门。

走进房间的一瞬间，林善规目瞪口呆，刚才还空无一人的房间里，正用难以捉摸的目光注视着自己的不是别人，正是美惠子。

皇太子妃的命运

"这是怎么回事?"

"我无法忘记那天晚上见到的中国青年清澈而善良的双眸。如果我一走了之,那双眼睛似乎会永远充满怨恨地注视着我。"

"你完全有资格成为日本的皇太子妃,我想日本真正的力量就来自同你一样的人们之手。无论怎样,今天的事情谢谢你。"

"看过 1937 年 12 月 13 日的报纸后我哭得不能自已。人们怎么可以这样,怎么能给如此残酷的行为冠上'加时赛'这个词,而报纸上报道这件事则意味着全体日本人都乐于看到这一场面……"

当晚,两个人讨论韩国和日本的历史直至深夜。聪明的美惠子准确地把握住了新历史教科书问题所在。

"所以,日本主张将过去帝国主义侵略时期暂时抢夺的钓鱼岛和独岛等永远据为己有,新一轮战争的导火索就来自日本这种态度?"

"是的,所有的问题正是由此开始的,强征慰安妇等在日本看来是细枝末节的问题,正是这种贪念助长了终究要与中国及韩国开战的气焰。现在日本把钓鱼岛和独岛的领有权主张写进教科书，就是把全体国民驱赶到了战争的边缘。"

"你曾经说过隐约知道那份电文是什么内容吧？现在还不能告诉我吗？"

美惠子在一个绝妙的时间点抛出了这个问题。林善规犹豫了一会儿，从西装口袋中掏出了剪下的早报新闻报道递给美惠子。

距离劫持犯要求公开焚烧朝鲜王妃尸体原因的时限还有三天。劫持犯最初要求公开秘密文件，政府表示那份文件不存在，劫持犯立刻改变条件要求公开焚烧朝鲜王妃尸体的原因。由此可见，秘密文件中可能记载了有关朝鲜王妃之死的某种信息。学界和民间各种臆测层出不穷，但政府没有做出任何反应，也许即使到了劫持犯所要求的时限也不会改变这一立场。侦查方面注意到这一时限正是联合国教科文组织结束教科书审查的前一天，看来劫持犯很可能是对新历史教科书的内容心怀不满之人。

看完报道，美惠子脸上眉头紧蹙。

"朝鲜王妃的尸体真的被焚烧了吗？"

"是的。"

"那就连葬礼都没法正式举行了吧？"

"在没有尸体的情况下举行了葬礼，还是两年之后。"

"惨遭杀害已经冤屈至极，就连尸体都要被焚烧，到底为什么要这样？"

林善规一脸苦楚，没有回答。

"政府说没有这份电文……如果最终也没有任何答复怎么办？"

"……"

其实，林善规也很为难，就算是报复日本，劫持了皇太子妃，但现在两人的关系已经拉近，甚至能感受到同事之谊。林善规万万想不到的是，巡逻车来了，皇太子妃为了保护他，竟然也主动藏了起来。震撼感动之余，他也陷入到矛盾之中。

"你在策划这件事的时候一定预料到这种情形了吧?"

林善规想起了一开始策划实施犯罪的时候，不是没想过日本政府会否认那份文件的存在。

"老师，万一日本政府拒绝公开文件或者干脆否认文件的存在怎么办?"

"你怎么考虑的?"

"那一定要杀了皇太子妃。"

"嗯……"

"如果就这么释放皇太子妃，那我们就又输给了日本人一次。我们做个约定吧，倘若老师打算这样释放皇太子妃，我就绝不会选择去美国。"

"不行! 这不行! 你必须要去美国。"

"我比谁都清楚老师您想拯救我的心情，可是如果这次复仇失败，我的生命再也没有任何意义。我一定要报仇，绝对不能这样释放皇太子妃，那会令我们中国人和韩国人再次沦为笑柄。"

"好吧……你一定不能死!"

林善规向彭怀德做了保证，若出现了假想的事态，一定会杀死皇太子妃，彭怀德得到这份保证才去了美国。林善规避开了等待回答的皇太子妃的明亮双眸，站起身来。

"你们原来的计划是……"

林善规抬起手打断了皇太子妃的话。

"我们从一开始就没想过要把皇太子妃你怎么样。"

留下这句嗓音低沉的话，林善规离开了房间。美惠子发现他这次同样没有锁门，也意识到这是他劫持自己后第一次称呼自己为皇太子妃。

随着时间流逝，美惠子确信劫持自己对厘清历史真相或许有一定的意义。对于林善规和彭怀德来说，用绑架皇太子妃这种极端手段向全世界曝光日本歪曲历史事实，还原南京大屠杀和朝鲜王妃惨死真相，是最有效、最便捷的方法。

劫持犯的真实身份

破晓时分，从田中那里拿到外务省文件库出入许可名单后，进行了几日秘密调查的侦查支援组长急急忙忙地给田中打了电话。

"警视正先生！"

田中一听话筒那边的声音，觉察到对方有所收获。

"有什么发现？"

"我马上去您家找您。"

组长来到田中家，兴奋地讲了起来。

"您挑选出的这些人物中正好有一个人符合您所说的条件，他就是早稻田大学的松田教授。"

"他有什么问题？"

"大约五个月之前有存款记录，从一个借名账户中转账五十万日元到了松田教授的户头，这之后他进过外务省文件库，他在文件库阅览的资料也是汉城公使馆的电文。"

"怎么发现的？"

"访问文件库的人需要详细登记阅览内容，我们在有关工作人员的引导下到达现场，发现松田教授阅览甚至复印过那些电文的记录，当值的工作人员也描述了这一情况。"

"借名账户的登记人是……"

"我们追查过登记人，但是住址不明没有找到。从开户时的银行监控和自动存取款机照片来看，穿戴像流浪汉，我们现在正对银行和自动存取款机附近的流浪汉进行照片比对。"

"流浪汉和松田教授，还有外务省文件库，这可真是极不协调的组合。做得好，就是这个人，先指使流浪汉给松田教授送钱，再指示松田教授去文件库阅览！这是个不屈不挠的罪犯！"

田中带着侦查支援组长直奔松田教授家而去。

松田教授看到警探们一大清早找上门来颇为吃惊，再加上田中警视正亲自到来更是令他大惊失色，眼睛左顾右盼，惊慌神色表露无遗。

"我们没多少时间，请您准确地回答问题。"

田中这郑重中又带着决绝的开场白使松田乱了方寸，他一脸胆怯地点了点头。田中出示了账户复印件。

"这笔钱您是从哪里得来的？"

"中……中村先生那里。"

"您知道这钱是从借名账户中汇过来的吗？"

"我完全不知道，汇款人不是中村先生，是他让别人替自己汇的款。"

"中村是谁？"

"他介绍自己是乡土历史学者。"

"哪里的乡土？"

"他说是熊本。"

"熊本的乡土历史学者中村，马上去核实。"

田中指示组长去核实中村的身份，然后继续追问松田。

"您为什么要收这笔钱？"

田中一句话就把松田的脸吓青了。

"是……一种辛苦费。"

"什么辛苦费？您为了这个做过什么？"

"中村说他进不了外务省文件库，让我找些资料给他看。"

"是汉城公使馆发电文吗？"

"对。"

"他说为什么要看这些？"

"他说主导杀害朝鲜王妃的《汉城新报》社长安达是熊本人，所以要对他展开研究。"

田中再一次体会到罪犯是一个缜密细致得超乎想象的人，他编造了一个松田教授根本不会怀疑的理由。

"您把电文复印后给他了？"

"没有，我没给他，因为这违反规定。"

松田在这个节骨眼上强调自己并没有犯罪。

"电文一共有几张？"

"四张。"

"没有435号？"

"对，没有那个。中村先生还歪着头问来着，为什么没有435号。"

田中似是而非地点了点头，罪犯当然会问这一点了。

"这事我也询问过文件库工作人员，就把工作人员的回答转述给他，工作人员说虽然不知道什么时候不见的，反正现在是没有了。"

"他很失望吧？"

"略有些失望，但听到肯定没有了的话后还是点了点头。"

旁边一直在听的组长粗鲁地问道："你为什么不报警？知道劫持犯的交换条件是公开435号电文时不就应该马上报警吗?！"

松田被组长的大嗓门吓破了胆，慌里慌张地直摇头。

"我完全没想到中村先生是罪犯，他看起来对433号电文的重视程度远远超过435号电文。中村先生，哦，不对，罪犯对着433号电文看了不下十遍，四张电文中他对着其他几张都是面无表情地浏览一遍就过，唯独433号电文是表情严肃地反复阅读。"

"433号？"

"对，他肯定非常看重433号电文，反复看了好几遍，而且越看脸色越难看，有点像自嘲，又有点像自虐，就好像是个有特别隐衷的人一样。"

"嗯，请给我看看433号电文。"

松田果然依照规定没有将复印的电文交给对方，而是保存在自己手中。

指挥官的后人

　　景福宫侍卫队的队伍散乱，数百名士兵看到列队于景福宫前的铃木大队并然有序，全都心生胆怯。以小早川为首的数十人一下子冲上去，侍卫队开始掉头逃窜，一部分人越过景福宫的宫墙跳到了街上。这个时候，有一名侍卫队士兵抢着枪挡在了逃兵们的身前，他紧紧抓住指挥官高声怒吼："日本暴徒袭击王宫要杀死王妃娘娘，指挥官怎么能逃跑呢！"指挥官随即掏出枪打死了这名士兵，然后和士兵们一起慌里慌张地翻过了北边的宫墙。

　　这是在山崎的帮助下已经得到确认的内容。在田中看来，这是四张电文中信息价值最少的一份电文了，罪犯却执着于此……田中像是要把433号电文戳出个洞一般盯了好一会儿，然后把电文递给侦查支援组长。

　　"什么原因让罪犯对这份电文如此执着呢？"

　　"我也在想理由，也许罪犯对守卫王宫的侍卫队舍弃国王和王妃逃跑一事感到羞愧？"

　　田中点了点头。

"应该是这样，任何一个韩国人都会怅然若失，面对着这么令人气闷的事实，不过……"

田中止住了话头，注视着组长的面孔，然后把视线又转回到433号电文上。

"有没有另外一种可能？如果罪犯看过这份电文以后，情绪比一般韩国人更加激动……你站在罪犯的立场上再看一遍电文。"

组长把电文看了几遍，然后一边看着田中的脸色一边越说越含糊："我觉得罪犯除了感到羞愧以外……"

田中伸出手指，慢慢地指向电文中的指挥官字样。

"罪犯与这份电文之间，除了是韩国人以外会不会有其他更紧密的关系纽带呢？假设他和这份电文中提到的某人有血缘关系等，才会情绪激动。这里你要注意看指挥官和士兵的字样，也许罪犯真的和他们有什么关系。侦查就是要把所有可能发生的情况全部考虑进去。如果说这份电文让罪犯情绪难以自制，我会深究其中的原因。"

组长认为分析得很有道理，默默地点了点头。

这个时候，旁边的松田教授把握十足地喊道："从中村那种自嘲又自虐的表情来看，他会不会与枪杀士兵后逃跑的指挥官有关联？"

田中回到警视厅，将433号电文发给了身在韩国的派遣队长，派遣队长和田中一样，都有着丰富的工作经验，努力勤勉，坚忍不拔。

"师兄，罪犯也许与这份电文中的指挥官有关联，不知怎的，我总感觉他有可能是指挥官的后人，能找到这个人吗？"

"说不好，如果说这是线索，拼了老命也得找出来！"

"去国家记录院之类的机构或许能了解到当时的侍卫队官阶制度，我找研究近代史的教授帮帮忙。"

小森歪着头，完全理解不了田中从早上开始就往韩国打电话都说了些什么。但是，第二天当他看到田中接到韩国打来的电话面有喜色时，自然也跟着兴奋起来。

"林锡浩！"

田中挂断电话，欢呼一般叫着"林锡浩"这个名字，小森听到后大声喊着问道："谁？是罪犯吗？"

"指挥官！王宫里冲着阻止卫队逃跑的士兵开枪，然后逃命的胆怯指挥官！这个指挥官叫林锡浩！根据松田教授的证言，罪犯情绪深受打击，从这一点来说罪犯很可能与这个人有关联，比如是他的后人！"

尽管小森不愿认同田中从百余年前的电文中找出罪犯的思路，但他想起田中曾经讲过，侦查中要把百分之一的疑点放在百分之九十九的确定之上，于是把本来想说的话又咽了回去。

"如果罪犯真是林锡浩的后人，那就太好了！"

派遣到韩国的侦查组通过朝鲜王妃遇害时的侍卫队官阶表了解到那名指挥官名叫林锡浩，然后再追查家谱就可以拿到其后世子孙的名册。

"这些人中如果有人不在韩国，准确来说是长期滞留日本的话……"

派遣队长暗自祈祷，逐个确认行迹，当其中一人的出境信息出现在显示器上时，他不由自主地一下子从椅子上站起来大呼万岁。

"林善规！四十三岁！出国到了日本！"

林善规是林锡浩的后人中唯一一个滞留在日本的人，他很久之前就到了日本，并且与田中在电话中描述的罪犯特征完全一致。

派遣队长迅速把他的信息发到日本，桥本看到照片后证实此人正是彭怀德的精神导师，一直停滞不前的侦查工作终于有了质的突破。

　　"快去追查外国人登记簿，还要查归化名单！去查叫林善规这个名字的人！"

　　小森扯着嗓子大喊的声音高高回荡在警视厅的走廊里。

　　近藤巡警从山庄回来之后觉得有什么地方很不踏实。在山庄中见到的那个女人的房间非常奇怪，加上自己身后影子一般贴近的神秘牧师，像个令人不寒而栗的幽灵，凭着多年的巡警经验，他感觉山庄有情况。近藤回想起，那牧师身上散发出来的气息有一种压迫感，他在打量巡逻车时，眼神冷飕飕的，似有敌意。

　　一旦开始怀疑，便会有新的疑点。

　　牧师说屋里的女人是自己的妹妹，她为什么要把鞋放在房间里呢？出去散步的女人为什么会把运动鞋留在房间里呢？从房间的样子来看，女人可能在室内穿着拖鞋。要出去散步的话，应该是留下拖鞋，而不是运动鞋和高跟鞋呀。

　　近藤巡警拨通了东京警视厅的电话。

　　"小森刑警，我是天理警察局的近藤巡警。"

　　"哦，近藤，什么事？"

　　"皇太子妃殿下的皮鞋是什么样的？"

　　"黑色的，上边有蝴蝶样的金饰。"

　　"您说是黑色的？"

　　近藤立刻糊涂了，他记不清自己看到的皮鞋是黑色还是褐色了。

　　"我在一个牧师的山庄里看到的皮鞋好像是这个样子的。不过，我没留意那鞋是什么颜色。"

"什么？在牧师的山庄里看到一双女式皮鞋，还没弄清楚什么颜色。"

"我感觉有些可疑，应该说山庄里有值得怀疑的东西，确认后我再给您电话。"

小森也觉得近藤这人挺无聊的，就挂断了电话。

近藤心想，先把今天要调查的村子都转一圈，然后再去昨天的那个山庄看个究竟。

联合国教科文组织与日本教科书

韩国政府最初提请联合国教科文组织检验日本历史教科书时的乐观氛围渐渐淡去。联合国教科文组织针对一国教科书内容的是非品评并不容易，站在复审者的角度，日本的逻辑自有一番道理。

日本代表斋藤博士抛出了丰富的证据材料反证，韩国学者却因为证据不足而大伤脑筋。如此一来，韩国政府内部甚至出现了应该撤回提交联合国教科文组织请愿书的声音。

"关键是感情而不是逻辑，我们需要可以触动感情的强有力证据。要有能够冲击审查员大脑的事件，以及他们心中无法忘却且任何逻辑都无法辩明或者掩饰的决定性证据才行，可我们不是没有这种证据吗？"

旷日持久的论争让联合国教科文组织的审查员们不寒而栗，就连原本认同韩国方面立场的委员们现在也几乎放弃了。到最后一次会议召开前夕，审查委员会会议似乎已经要散场了。

委员会无法就日本教科书歪曲历史一事达成共识，美国支持的各界各阶层人士的影响力也在其中起到了作用。美国继续奉行将中国视为最大竞争对手的东北亚政策，选定了日本作为合作伙伴。因此，联合国教科文组织中的西方人士不会轻易将日本新教科书判定为不良教科书。

美国为了实施亚洲再平衡战略，暗中鼓励支持日本，因此日本右翼势力的气焰甚嚣尘上，全然不把中国和韩国的抗议放在眼里。西方人把持的联合国教科文组织自然要看美国人的脸色行事，形势急转直下，一股黑暗的逆流汹涌而来。曾经努力游说审查员的大多数韩国学者与提供支持的中国学者也自暴自弃地纷纷回国，两天后召开的最终审查仅仅是走个形式，实际上暗中已经有了结论，日本教科书不会被判定为不良教科书。

"斋藤博士，真是辛苦你了，这么缜密的逻辑结构让我们全都大吃一惊。"

日本方面的代表们正在举杯庆祝胜利，新教科书编撰核心人物之一的知名漫画家举起香槟酒杯慰问劳苦功高的斋藤。

"这是理所当然的，如果我们辛辛苦苦编出来的教科书从联合国教科文组织那里得到个不良的评价，那大日本帝国的形象该有多滑稽可笑啊？"

斋藤满面春风。

"就是，这可不是单纯的教科书问题，它关系到日本的未来。"

文部省的高层官员也一脸餍足地随声附和。

"要给青年们种植梦想。究竟是重塑一个强大而富有传统的日本形象，还是展现一个被侵略和掠夺恶名所玷污的祖国形象，哪一个更能让青年才俊满怀信心呢？无疑是前者！"

斋藤的声音中充满自信。

"韩国和中国的学者这次也竭尽全力提出了主张。"

东京大学的历史系教授像是分享全胜的喜悦一般，提到了韩国和中国代表的可怜相，于是斋藤更来劲了。

"他们这是在挣扎呢，没有证据，所有的主张都只能走向逻辑和史观的对立面。"

在座的学者和公务员纷纷点头，征用者们的工资明细单和慰安妇的代金券等书面证据在这次审查中发挥了巨大作用。

"慰安妇问题越来越棘手了，还有太多的幸存者。"

一名代表刚说到难处，斋藤突然脸色一变。

"这些疯子，要是里面有不拿钱就献身的臭娘们儿，让她们站出来看看。她们都忘了收钱吃饱饭的日子，光顾着掰扯从前的苦难才会这样。那时候哪有不苦的人？不管是古时候还是现在，哪儿没有过公娼啊？何况还是战争时期，这种事情反而太正常了不是？使劲捞钱胡吃海塞，现在站出来说三道四的德行！"

听到斋藤这番恶意发言，就连在座的代表们也尴尬地陷入了一阵沉默。

"对了，斋藤博士，现在劫持了皇太子妃的罪犯提出了交换条件，听说好像是要我们公开焚烧朝鲜王妃尸体的理由？"

"那个家伙也同样是个疯子。朝鲜王妃烧也好埋也好，又不是我做的，问我做什么？"

席间爆发出一阵笑声。

"那个435号文件又是什么呢？真有这个文件吗？"有位学者耐不住好奇问道。

"真是的，那份文件在我手里吗？为什么要问我？"

"是否保存在外务省？"

"那要去问外务省了，我也正好奇呢。"

"对了，有传闻说那份文件本来是存在的。"东京大学的另一位老教授把声音压得低低的。

"是吗?"

斋藤等在座的所有人都注视着这个老教授的嘴巴。

"可是听说不见了,在外务省文件库里消失的。"

"谁说的?"

"有一回偶然听说的,好像不是很久远……大概十几年前。"

"这说明有人见到过这份秘密文件了?"

"嗯,他叫什么来着?"

老教授像是突然想起来似的说出了一个人的名字。

"三上,好像是不久前刚刚去世的外务省三上次官。"

"是他把秘密文件藏起来了吗?"

"不是,好像是他收到报告说435号文件不见了。"

"他知道是什么内容吗?"

"他也不知道,听说在整理电文过程中收到报告说有电文遗失,对照记录发现上面明明登记着那份电文的流水号。这个流水号就是劫持犯现在提出要求的那份电文编号。"

"如此说来,这份电文现在就在什么人手里呢。"

"应该是的。"

"呵,真是的,什么人这么了不起啊。那份电文里到底有什么内容,皇太子妃殿下都被劫持了还不肯拿出来。"

"说话要小心哦。"

"怎么了?"

"唉,现在外务省表示没有这份文件,外务次官根据首相的指示接受了警方的绝密调查,这个时候话说多了有可能成为侦查对象啊。"

老教授慢慢地点了点头,他自己也是这么考虑的。

共犯

　　黑暗中巡逻车开着前灯上山的话过于醒目，因此近藤巡警在天黑之前就驾车驶入了通往山庄的山路。近藤慢慢地开车上行，然后把巡逻车藏在山庄下的树林里，小心翼翼地接近山庄。马上就到山庄跟前了，他俯下身子，等待夜幕降临。

　　当黑暗彻底铺满天空，近藤趴在地面上，像以前玩打仗游戏那样慢慢地朝着昨天去过的那间灯火通明的房间爬去。他爬到窗下，一点点地抬起头。

　　近藤看到有个女人正坐在桌前的椅子上，但是她背对着自己，看不到面部。近藤看见了女人的鞋，她的脚上穿着拖鞋。

　　近藤又观察起昨天放鞋的位置，有运动鞋和高跟鞋，高跟鞋是黑色的，还有蝴蝶样的金饰。他的呼吸困难起来。

　　"只要看到脸……"

　　近藤心急火燎，假如对方确实是皇太子妃，只要敲敲窗户就行了。倘若不是皇太子妃，连个可以编造的借口都没有。近藤决定等到女人转过身，或者从座位上站起来的时候再说。

　　这时房门打开了，昨天的那个牧师走进房间。近藤低下头，留心着动静。

"不要转头，原地别动。"

林善规的声音非常小，也很紧张，美惠子听到这话有些惊慌，但马上就意识到林善规遇到了危急情况，全身突然僵硬起来。

"现在警察正盯着这个房间，就是上次来过的那个巡警。他可能没看到你的脸，正在窗外观察着，等你站起身或者转过头去。就算干掉他一个也没什么用。"

美惠子听到林善规更加直白的话语，毫不迟疑地说道："请离我近些。"

"……"

"快点儿。"

林善规不明所以地走过去，美惠子马上把他拽到身旁坐下，然后搂着他的肩膀大声笑着说道："哥哥，我正有事要问你呢。"

林善规大惊失色，惊讶之余，随之而来的是深深的感动。

没过多久，林善规打开门出去一看，巡警已经消失了，山下远远地依稀可见巡警驾驶的巡逻车的警灯。

"谢谢你。"

"这么一来我也成共犯了。"

林善规无语地笑了。皇太子妃大大方方地搂着自己的肩膀，笑意盈盈喊自己哥哥的举动令他大为震撼。不单单是因为骗走巡警的急智，更是由于她若无其事地揭去皇室的帷幔，保护了劫持她的自己，这种善举带给林善规难以言表的感动。

"我明天送你下山。"

"明天是报纸上你要求的最后时限？"

"对。"

"那，后天就是联合国教科文组织进行最后审查的日子?"

"这段时间……对不住了。"

"你不是还没达到目的吗?"

"可是没别的办法。"

沉默在二人之间流淌。

"我走了你怎么办?"

"……"

美惠子忍受不了自己这种无能为力，身为皇太子妃，却对眼前引发的新教科书歪曲事态无可奈何。

"最近我常常想到朝鲜王妃，脑中挥不去她在弥留之际仍担心王世子的情景，那种痛苦与难过已经不知不觉深深浸入了我的心间。"

"如果你知道明成皇后是怎么死的，恐怕一生都无法从那种冲击中摆脱出来。"

"我想知道，请告诉我。"

林善规看到美惠子一脸恳切，欲言又止地犹豫起来，考虑再三终是垂下了头。

美惠子感觉正如自己所料，朝鲜王妃的死亡过程非同小可。在宫中惨遭日本流氓残杀的厄运已经非同寻常，美惠子很想知道是否还有比这更严重、更残忍的事情发生。

林善规通过报纸要求公开焚烧朝鲜王妃尸体的原因，而435号文件对此如实做了记录。

"假如明天我回到皇宫，会有很多人问我有关你的事情，到那时……"

美惠子的话没有继续下去，林善规神色紧张地用手挡住了她的嘴。他压低声音说道："外边好像有人。"

"什么?"

林善规急忙关上灯。

黑暗中,美惠子悄悄地说:"是刚才那个警察吗?"

"好像是,窗外有人声。"

倘若是刚才那个巡警,那他一定是看到了皇太子妃的面孔,已经联系了总部。林善规慢慢地向门口移动,草率行动对方也许会在黑暗中开枪。

只有一个办法,只能丢下皇太子妃逃跑了,但这也没什么意义,已经得到消息的警察应该会从山下黑压压地拥上来。

"唉……"

林善规轻叹一声,朝外边走去,他只是想避免在美惠子面前引发混乱。其实,也没什么可混乱的,对方一举起手枪就全完了,只不过,他讨厌在美惠子面前流露出一副惨相。

"举起手来!"

尖尖的东西抵上了后背,直觉告诉他那是手枪,林善规举起了手。

"转过来!"那人声音是冰冷的。

林善规慢慢地转过身来。

"啊!"

转身的一瞬间,林善规的口中不由得长叹一声。

"小彭!"

"老师!"

两个人紧紧拥抱在一起,虽然分别不过短短几天,却仿佛已经经历了漫长的岁月。可是,林善规马上推开彭怀德,用不带一丝感情的声音问道:"你到底为什么要回来?"

"我在这里有事情要做。"

林善规觉察到彭怀德的语气很不一般，能感觉到一种毅然决定自己前行道路的人特有的力量。

"什么事情？"

林善规脑中忽地一下想到了什么。

"难道……"

我一定要报仇，绝对不能这样释放皇太子妃，那会令我们中国人和韩国人再次沦为笑柄。

"我想进去再说。"

"好吧，去房里。"

林善规转身朝自己房间走去的时候。

"老师，皇太子妃的房间应该锁上。"

林善规出来得很急，皇太子妃的房门还略微开着。他静静地望着彭怀德，迄今为止彭怀德不曾质疑过自己所作所为。

"就这样吧。"

"……"

彭怀德也跟了过来，但是脸色有些晦暗。两个人在房间里坐下，一时间有些冷场。

"您辛苦了。"

"你费的心思更多。"

"没有，老师，现在您已经做了所有能做的事情。"

"什么意思？"

"日本政府如果打算公开文件的话早就公开了。还有，关于为什么焚烧明成皇后尸体的答复也早该有了。"

"……"

"他们根本就是对我们的要求不屑一顾，我们的起义已经结束了，失败了。老师您不也是这么认为的吗？"

林善规沉重地点了点头。

"老师，后边的事情留给我，您现在就走。"

"你说什么？"

"我回来是为了善后，请老师离开日本，现在还没有人知道您的真实身份。"

"小彭，你这是做傻事啊。"

"不，老师，请您一定要让我替您留在这里。"

"这绝对不行，不要再说这样的话了。"

林善规的表情异常坚决，彭怀德不再言语。

"对了，你为何重新回日本？你的身份都已经暴露了。"

彭怀德执意不离开日本的时候，林善规说他的最后一个任务是去美国查明"OVER TIME"的含义，成功将他劝离了日本，然后放下心来以为他永远不会再回日本。但是，如今的彭怀德再也不是一个孩子气的青年了。

"我用了老师为我存入美国银行账户上的钱。那个国家只要有钱就没有办不到的事情，我办了假护照。"

"不管怎么说你都得走，回美国去，算我求你了。"

"老师您呢？"

"我打算明天和皇太子妃一起去警方那里。"

"什么？"

"我要光明正大地向警方提出要求，只有公开那份秘密文件，才能促使他们真正地对历史道歉。"

"我来做这件事，这正是我想做的事情。不过，事情的先后顺序变了，我要先杀了皇太子妃再去堂堂正正地自首，请老师回避。"

"你不能!"

林善规尖锐的嗓音干脆利落地截断了彭怀德的话。

"老师,您知道我的名字为什么叫彭怀德吗?我的父亲一心想要找日本人报仇才给我起了这个名字,为了怀念指挥'百团大战'打击日寇的彭德怀元帅。我杀了皇太子妃以后,会光明正大地站在他们的面前,要求彻底公开南京大屠杀。为此,我丝毫不会吝惜生命。"

"不行!无论发生什么事情,你必须回去,我来做这件事。"

"我做不到,这是我应该做的事情,我绝不会走。"

"你必须走!"

"……"

"你只能添麻烦,完全帮不上忙。你在这里我们的口供也会不同,日本警方会离间我们,留给他们案件造假的机会。所以,你赶紧离开吧。"

"如果说这是我必须离开的理由,那么只要我死了就一句话都不会讲了。"

"唉……"

出动

近藤匆匆忙忙下山回到天理后总觉得有些可疑，关键是那双皮鞋，是这种乡下难得一见的设计优雅的高跟鞋，再加上还有蝴蝶样的金饰。

"为什么要把皮鞋放在榻榻米房间里呢？昨天为什么穿着室内拖鞋出去散步呢？"

近藤使劲晃了晃头，想抛开这种想法。

自己的双眼看得很清楚，那女人极其自然地搂住了牧师的肩膀，还叫着"哥哥"。没有其他可疑之处，世界上岂有牧师劫持皇太子妃之理，皇太子妃更不可能搂着劫持犯的肩膀叫哥哥。

警视厅里田中难掩焦急之色，明天就到了劫持犯要求的时限，已经知道罪犯是名叫林善规的韩国人，但问题在于时间。刚开始几年林善规住在大阪时进行过外国人登记，可是现在想追查他人在何处是什么身份却并不容易。客观上来讲还需要几天的时间，可是罪犯提出的时限明天就截止了。

明天罪犯会怎么做呢？田中在心里做着最坏的预测，不安感时时袭来，让他心惊胆战。罪犯虽非穷凶极恶之徒，但如果其交换条件一再遭到轻慢和拒绝，谁敢保证美惠子不会受到伤害？

田中焦躁不安，把小森叫了过来问道："还没有收到林善规的身份信息吗？"

"没有，警视正先生。"

"嗯……"

田中知道不容易，但也没想到这么费时间，此刻烦闷不已。对方既没有进行外国人登记，也没有归化，如果他在某个地方以日本人的身份生活，想掌握他的位置绝非易事。尽管已经按照罪犯的护照照片在全国范围内下发了通缉令，可是照片拍摄时间过于久远，目前没有任何发现。刑警们也在大阪一带拼命收集有关罪犯的信息，但一无所获。

"搜查队还没有消息吗？"

"还没有。"

虽说从一开始就没对搜查队抱太大期望，但罪犯如何避开这种全国性的搜查也很是个问题。

"对了，今天下午近藤巡警来过电话。"

"近藤，什么事？"

"他问了皇太子妃皮鞋的事情。"

"为什么问皮鞋？"

"他好像在哪里见到了一双女士皮鞋。不过，世界上相似的女士皮鞋何止一两双？可能他没有发现可疑的人，这回就将侦查细节转移到皮鞋上了。"

"即便如此，这种认真的态度也值得学习，侦查就是要从细节处入手。"

"这一点真是值得肯定！前天市长还气愤地打来电话呢，问这个近藤是否是特别侦查总部的人，问为什么要这么做。天哪，他竟然说自己是特别侦查员，连市长官邸都要调查。"

"呵呵，真是了不得的家伙。"

"昨天他好像还去了牧师馆。"

"市长官邸都敢搜的人，牧师馆什么的还能不去搜上一搜？"

"他说在牧师馆里看到了一双价格昂贵的女士皮鞋。"

"是吗，他确实说的是牧师馆？"

"是，千真万确。"

"马上联系他！"

小森被田中的催促吓了一跳，连忙拨通了近藤的电话。

"你好，我是近藤巡警。"

"我是田中警视正，你昨天在牧师馆见到了一双女人皮鞋，对吗？"

"是的，不过没发现什么特别之处。女人是牧师的妹妹，那双皮鞋和皇太子妃的一模一样。听说那个女人住在东京，是临时过来的，没准是在同一家店里买的皮鞋。"

"嗯！"田中若有所思地点点头。

"我在窗外确认过了，那是一双带蝴蝶样金饰的黑色皮鞋，就是小森刑警说的那种鞋。所以，我就藏起来只伸出脑袋继续监视。过了一会儿，牧师进来了，牧师跟女人说了几句话，不过声音太小我听不见。然后，女人就搂着牧师坐在旁边，还搂着他的肩膀叫哥哥，肯……肯定是兄妹。"

"从窗外看见的，你看到那个女人的脸了吗？"

"没有，没能看到脸……"

"没看到脸怎么就能断定是兄妹呢？就因为搂着肩膀？"

"牧师说妹妹从东京过来疗养，她又叫牧师哥哥。劫……劫持犯和皇太子妃之间不可能发生这种事情吧?"

"嗯,那你为什么要在窗外偷看呢?"

"刚开始的时候我有点奇怪,因为是榻榻米房间,皮鞋却摆放在房间里,而不是鞋柜里。还有,说是出去散步了,运动鞋却还留在屋里。所以,我怎么也放心不下,今天就又去看了看,果然有拖鞋,所以昨天应该是穿着拖鞋出去散步的。"

"那个牧师叫什么名字?"

"姓林,林牧师。"

田中手里的电话差点掉到地上,紧张感蔓延至小臂僵住了。林锡浩的后人叫林善规,多年前来了日本,难道他就是劫持犯?

"那个牧师馆在哪里?"田中的语气突然严肃起来。

近藤说明了牧师馆的位置,田中又确认了一次山庄的位置,然后匆忙挂断电话,立刻给辖区派出所打电话。

"所长,现在请立刻彻底封锁通往牧师馆的路,然后在不被对方察觉的情况下,派两名身手敏捷的巡警去确认牧师馆里的女人是否皇太子妃。但是,绝对不要轻举妄动,一旦确认那个女人是皇太子妃,马上联系我。"

小森看到田中挂断电话后一脸兴奋,惊讶地问道:"警视正先生,近藤巡警不是确认了肯定是兄妹关系吗?"

田中提醒他,林锡浩的后人林善规曾经中途从神学院退学,小森顿时目瞪口呆。

菊村的派出所所长村上接到电话后迅速展开行动,他向全体巡警宣布全副武装进入紧急状态,首先封锁了通往牧师馆的道路,然后亲自带领两名敏捷的巡警前往山庄。尽管夜色已然浓黑,他仍然担心巡逻车会让对方注意到动静,于是将车开到牧师馆前边的林间小路旁，防卫厅军官出身的派出所所长立刻机敏地停下车。

牧师馆笼罩在一片黑暗之中，所长和两名巡警绕过树林，靠近房子后边。停车场上停着两辆车，一台是熟悉的牧师的车，剩下一台是外地牌照的车。

所长掏出手枪，打手势指示两名巡警也拔出枪。他冷静地掌握了房屋结构后悄悄地将身体贴在房屋墙壁上，然后朝窗户走去。

房子前面有两个大房间，后面有两个小房间。所长先观察了后面的两个房间，两个房间都空无一人。所长绕到房子前面，前面的两个房间中有一间灯火通明，所长慢慢地靠近亮灯房间的窗户，然后稍稍抬起头观察房间里边的情况，林牧师正和另一个男人讲话。

所长又慢慢地移动到另一个房间外观察，这里虽然没开顶灯，但房间一角在台灯微弱光线映照下，事物可以看个大概。所长透过窗户窥探着房间内部，呼吸好像凝滞了，有一个女人正躺在那里。

不过，女人背对着窗户，无法确认面部。所长决定耐心等待，一定要看到她的面庞再进一步行动。所长仔细观察起这女人的衣着体态和房间内部设施。

观察了片刻，所长打手势叫两个巡警守住大门，他则耐心地等待。

等待过程中，所长把横亘在那个女人和自己命运之间的荣辱关系琢磨了很多遍，万一那女人是皇太子妃，那自己当真就站在天堂和地狱的岔路口上了。皇太子妃被劫持在自己的管辖区域内至今，却一次都没有搜查出来，自己就算有十个脑袋也不够砍的。现在，如果能在营救皇太子妃的过程中立功，今后的警察生涯就将是一条康庄大道。

所长小心地挪动着身子，移动到远离山庄的地方，然后拨通了田中的电话。

"田中警视正，我是村上所长。"

"怎么样了？"

"还没有确认面部。"

"身高大概多少？"

"中等个，大约160厘米。"

"发型呢？"

"剪着短发，偏长。"

田中屏住呼吸，迅速浏览了一遍皇太子妃遭劫持时的着装一览表。

"有没有戴发卡？"

"戴了。"

"什么样子的？"

"不一定准确，好像是樱花样的。"

屏息凝气的田中长出一口气。

"身高、皮鞋、短发甚至发夹全都一样，一定是皇太子妃！美惠子！"

"不过有一点很奇怪。"

"什么？"

"不知道为什么，房门开着点缝儿……好像没有上锁。"

"可能有什么原因才用这种方式监禁，但毫无疑问就是皇太子妃，请你继续在那里监视。通往山庄的路封锁了吗？"

"当然。"

"我会向附近的警察局请求支援，请所长你千万不要轻举妄动，只要这样监视就好。"

"是。"

所长的电话一挂断，田中急忙向附近的几个警察局请求增派兵力，还安排了医疗队待命。

"小森，安排直升机待命！"

"是。"

田中唤醒了正在办公室床上睡觉的侦查部长。

"怎么了？找到皇太子妃了？"

"几乎确认了，我现在就乘直升机出发。"

"在哪儿？"

"天理市旁边的菊村。"

"等等，我也一起去。"

侦查部长自然不能缺席这一决定性的场合。

"那就一起去吧。"

两个人刚要起身的时候响起了尖锐的电话铃声，田中接起电话："我是田中。"

"我是村上所长。"

听到所长兴奋的声音，田中的表情突然紧张起来。

所长像是要给自己的发言再增加一些分量，又一次表明了自己的身份。

"我是现场的村上所长。"

"知道，你说吧。"

"就是皇太子妃没错，刚才我确认面部了。"

"我们现在正搭乘直升机过去，请等一下。绝对不要行动，请等待。"

"是。"

田中一脸紧张，冲着像要把自己的脸望出个洞似的侦查部长默默地点了点头。

"这么说是真的！你终于找到皇太子妃了！"

"不是我，是近藤巡警找到的。"

"等一下，不能这样，要向总监汇报。"侦查部长的声音在打战。

"警视正先生，直升机已经待命。"

小森也满脸兴奋。侦查部长一边跑向直升机，一边致电警视总监，他的声音透过直升机的轰鸣声中清晰地响彻夜空。直升机急速冲向已经沉睡的东京夜空。

秘密指令

嗡嗡嗡。

在山庄下边监视的派出所所长感觉到震动，马上拿起手机。

"我是村上所长。"

"我是警视监。"一个颇具领袖风范的低沉声音。

"啊，是……警视监先生!"

"请往我在警视厅的办公室打电话，通过转接。"

"啊，是。"

所长感觉有点不对劲，警视监给正在执行任务的自己打电话本身就很奇怪，还要自己再通过转接重新给警视厅打电话更是不比寻常。但是，所长接到警视监打来的电话十分兴奋，还是请警视厅的总机接通了警视监的电话。

"警视监先生，我是村上所长。"

"挂了电话，我再打给你。"

"啊? 哦，是。"

所长不知道该怎么理解这种活见鬼的情况。他随即就明白了警视监的意图，警视监将要和自己说些机密的事情，让自己给警视厅打电话是为了确认身份。果然，警视监马上打来了电话。

"辛苦了，现场情况如何?"

"我们正在监视，劫持犯还没有察觉。"

"劫持犯有几名?"

"两名。"

"皇太子妃什么情况?"

"正在独自睡觉。"

"没和罪犯们在一起吧?"

"是的。"

"你那里的兵力情况如何?"

"除我之外还有十二人在现场监视。"

"人员足够，现在立刻开始行动。"

"啊? 田中警视正现在正乘直升机赶往这边，他让我待命。"

"所长，我是谁?"

"您是警视监先生。"

"派出所所长的人事权掌握在谁手里?"

"当然是在警视监先生您的手里。"

"劫持犯在你辖区里隐藏那么久，你到底做了什么呢?"

村上所长吓得不敢出声。

"如果出问题，所长的前途会怎么样呢?"

"……"

"如果田中警视正过去抓捕了罪犯，他就成了万人敬仰的英雄，而你将成为替罪羊。明白我的话吗? 现在马上开始行动。"

所长虽然有些慌乱，但还是马上做出了判断。对于自己的处境，警视监的眼光十分精准，正如警视监所说，自己绝不能成为替罪羊，也不能拒绝接受警视监的命令。何况行动并没有什么困难之处，皇太子妃被隔离，只要瞬间袭击并抓获两名劫持犯，事情就结束了。其实，所长原本也想马上逮捕罪犯，但又要以防万一，所以一直在等待田中的指示。

"是，警视监先生。"

"行动成功的话，以后我会关照你的。要记住，即使我到了退休年纪，只要你还在警察队伍，或者说还在公务员行列，永远都会有很多人关照你。"

"是，我不会忘记您的这份恩惠。"

"那现在马上开始指挥行动吧，不过有件事需要你秘密完成。"

"什么事情？"

"不要让任何人知晓，要你亲自去做。"

村上所长紧张地竖着耳朵倾听。

"杀死罪犯。"

"什么？"所长吓得一哆嗦，"警视监先生，根据我的判断目前完全可以活捉罪犯。"

"没关系，杀了吧。"

"警视监先生，但是……"

"这不是我的指示，是引领这个国家前进的人下达的命令，明白吗？这么做是为了这个国家。"

所长又一次站到了需要做出重要判断的岔路口上。接着，他下定了决心。警视监亲自给自己下令，而且警视监说过这一秘密指令是地位远高于他的人下达的。于是，所长加重力道回答："遵命。"

"一定要记住，必须杀死劫持犯们。"

"是。"

"另外，这一指示要绝对保密，用你的生命保证。"

"是。"

挂断电话，所长的脸上罩上了一层狠戾之色。

划破黑暗夜空正全速飞行的直升机内弥漫着紧张的气氛。随着直升机一点点接近现场，小森的紧张感也在加剧。侦查部长无须多言，这是能够评判人生的极其重大的事件。

田中不停地拨打村上所长的电话，但对方一直占线。正在执行重要任务的所长一直在用手机和别人通话，这让田中很不满意。

"小森，你也来不停拨打这个号码。"

两个人继续按手机的按钮。很快，小森的电话开始传出拨号音，他把电话递给田中。

"我是田中警视正，你那边情况怎么样？"

"……"

所长顿时语塞，田中脑中蓦然掠过怪异的预感。

"为什么不回答？出什么问题了吗？"

"不……不是。"所长声调有些慌张。

"有什么事情？"

"没有。"

田中察觉到有些反常，继续追问："刚才你在和谁通电话？"

"没什么特别的。"

"我问你在和谁通电话？"

"我在跟老婆打电话。"

刹那之间，极度的不安感向田中袭来。

"你说谎！所长，你为什么要这么做？为什么说谎？到底有什么事情？"

"什么事也没有。"

"你现在明明在撒谎，哪有人会在这么重要的场合和夫人打电话聊天，还说了这么久。这说得过去吗？"

"……"

"好吧，所长，你稍等，现在换警视厅侦查部长和你说。"

田中一边把电话递给部长，一边用锐利的目光看着侦查部长说："气氛异常，无论发生了什么事情，请您一定要让他守住现场，就说莽撞行事会受刑事处分。"

"知道。"

可是，接过电话的侦查部长却连对方的声音都没听到。

"竟然挂了电话！派出所所长竟然敢狂到挂我电话！"侦查部长勃然大怒。

"肯定是出什么大问题了。"

田中再次按下通话键，但电话不通。

"小森，赶紧联系警视厅，第一时间调出他的通话记录。"

小森大喊大叫地联系到警视厅通话追查组。尽管不知道具体的情况，看田中的表情和态度也能知道形势极其紧迫。通话记录立刻得到确认并传到小森手中。

"哎呀，这个号码？"

这是警视厅的电话号码。

小森将电话号码递给侦查部长："部长，这个号码是……"

"这不是警视监办公室吗？"侦查部长一头雾水地注视着田中问。

"警视监先生给现场的所长打过激励电话？"

田中听了小森的猜测，摇了摇头。

"你给那个和所长通话的手机号码打个电话试试。"

小森输入电话号码后按下了通话键，电话马上接通了。田中接过手机，对方没有说话。

"警视监先生，我是田中警视正。"

警视监的声音中流露出一丝慌乱："啊，田中警视正！在哪儿呢？"

　　"我们还在直升机里，花的时间比预想的要长些，到现场后我再给您打电话。"

　　"好，辛苦了。"

　　挂断电话，田中周身笼罩着不祥的预感。他又按下所长的电话号码，所长的手机已经关机。

　　"哎呀，田中这是怎么回事？"

　　"那不是激励电话，是阴谋。"

　　"阴谋？什么阴谋？"

　　"警视监先生和现场的所长通过三次电话，一次用的是警视厅的电话，两次用的是手机，肯定不是激励电话。"

　　田中开始认真思考警视监意欲何为。

　　"还有一件事很明显。"

　　"什么事？"

　　"所长正在执行和我的命令相反的行动。"

　　"什么？"

　　"否则他没有理由撒谎说是和夫人通电话，更没道理关掉手机。他正躲着我，嗯，可能是警视监指示了他什么。会指示什么呢？让他开始行动？不对，不止如此，那是皇太子妃？不对，也不是，那么……"

　　田中记起本案与政治意图相关。

　　"我觉得警视监先生可能指示他杀死罪犯。"

　　"杀死罪犯？现在罪犯们威胁到人质了吗？"小森很惊讶，插嘴说道。

　　"这个不清楚，不会是这样的。罪犯威胁到人质的话也不应该下令击毙，不在现场的人怎能随意下达这样的命令?"

田中凭直觉掌握了事态发展。侦查部长之前给警视总监打电话告知了情况，然后警视总监向首相汇报，接着首相又告诉了某个人，这个人再通过警视监下达了命令。政府无视罪犯交换条件的态度最终这样显现出来。

"那份汉城公使馆发435号电文到底是什么内容呢?"

如此看来，皇室这段时间的态度也很奇怪。自从罪犯要求公布这一文件，皇室连对警方的暗中敦促也没有了。首相也从某一刻开始沉默是金。

政治，目前这种情形关系到复杂的政治。田中心力交瘁，他决定不了两条路中应该走哪一条。政府分明是极为忌惮劫持犯抓捕归案后，其犯罪动机和秘密文件等为世人所知，而劫持犯也许从一开始就希望曝光这些，否则还需要等这么久吗? 那自己是否应该佯装不知并拥护政府的选择呢? 可是，田中的心中还清晰地显现出另一条道路，就是他要作为一生抱负的警探之路。

他的警探之路与虚伪的政治背道而驰。对于警探来说，任何案件除了查明真相之外没有第二条道路可走。田中明白，倘若明知阴谋正在实施，而他却置之不理，袖手旁观，那他今后的人生之路将被阴影所笼罩，愧疚终生。

"我要阻止政府不通过审判阴谋杀死罪犯。"

心意已决的田中认真思考起方法。现在所长干脆关掉了手机，也许已经开始行动。田中心急如焚。

"小森，继续给所长打电话。"

"他关机了，联系不上。"

"小森，重新准确定位直升机可以直接降落在现场的位置。"

"是。"

然而，直升机还要再飞行一段才能到菊村。

"没有办法了吗，可是……"

最后，田中咬紧了牙关，这一刻，他要做出人生中最重要的一个决定。

"部长！"

侦查部长听到田中悲壮的语气，突然紧张起来。

"警视监一定是指示所长杀死罪犯，这不是行动命令，而是杀人指令。"

"……"

"应该阻止这一杀人指令。"

"但是没有办法啊，所长那家伙把电话关了。现场情况怎么样？"

"综合近藤巡警和所长的报告来看，罪犯允许皇太子妃自由行动，皇太子妃现在正在单独的房间里睡觉。此后一直到现在，所长都监视着现场的情况。假如威胁到了人质，所长应该会大呼小叫地向我报告，因为那样就有了杀死罪犯的借口。"

"那你有办法来阻止杀人指令吗？"

"是的，我有个办法，关键在于身为警探的价值判断。"

"价值判断？"

"是的，这明显不是行动而是杀人。既然知道了这一事实，我们就有责任去阻止杀人。部长，请您帮帮我。"

"要我怎么帮你？"

"请摘掉耳机，直升机的声音会让您什么都听不到，这样即使最后出了问题，部长您也会平安无事。小森，你也摘掉耳机，快！"

"是。"

田中掏出了手机。

"请问菊村牧师馆的电话是多少？"

劫持犯的方式

　　所长把山下的巡警们叫到一起，巡警们如临大敌一般在夜幕中的树林中移动。确认全员集合后，所长把上了年纪的巡警挑出来。

　　"行动开始后，你们守在皇太子妃殿下的房间前面。"

　　接着所长只留下健壮的巡警，下达了特殊的行动命令。

　　"你们跟在我后边十米处，万一罪犯携带凶器就集中射击。"

　　所长认为和巡警们并排行走的话，可能没法杀死罪犯。

　　"所长，您和我们一起走会安全些。"

　　"不，几个人一起反而会左右乱晃。"

　　巡警们歪着头理解不了所长的命令。

　　所长十分紧张地揣起手枪，接过了一个巡警手中的自动步枪。

　　"一定要保持十米的距离！"

　　只有这样，下属们才不会给自己的秘密行动拖后腿。所长检查了弹匣后，小心翼翼地一步步朝大门走去。

　　丁零零。

　　林善规的眼睛盯着电话，彭怀德也一脸讶异地凝视着林善规。

"谁，这么晚了？"

彭怀德摇了摇头，意思是不要接电话。

丁零零。

电话铃声没有停下来，林善规等了一会儿提起电话。

"我是林牧师。"

话筒里传来一个急迫的声音。

"听好我的话，我是侦查总部的田中警视正。外边布满了警察，他们要杀死你们。好好想一想，不是逮捕你们，而是要杀死你们，一定要坚持到我去的时候。"

林善规手指着外边示意彭怀德，急忙关了灯。彭怀德稍稍探出头向外边望去，表情顿时僵住，黑暗中能看到一群人正慢慢地挪着步子移动。彭怀德连忙走到林善规身旁。

"老师，这是怎么回事？"

"不知道，照那个自称田中警视正的人所说，他们想杀了我们。"

"有这种可能，不，一定是这样的。与活捉相比，他们杀了我们更放心。"

"嗯……"

林善规决定不了应该怎么做。既然警方已经到了这里，那整座山上应该布满了兵力。就在这个时候，彭怀德噌地一下站起来，抓住通往旁边房间的门把手转动起来。

嘭的一声，彭怀德粗暴地一把推开门。

"天哪！"

梦中醒来的美惠子看到突然冲进来的彭怀德大惊失色，他手上拿着一把不知什么时候掏出来的锋利的刀。美惠子在惊吓中尽力保持平静。林善规慌忙跑进来，抓住了彭怀德的胳膊。

"你这是做什么！"

"这样反而更好。"

"小彭……"

"那些家伙不是要杀了我们吗？很好，都不用等到明天了。"

"你在说什么？"

彭怀德的声音中能感觉到杀气。

"现在必须处决皇太子妃，在我们死之前。如果就这么死了，那是白白丧命，我们又会成为笑料。"

"你说什么？"

"我去美国的时候，老师您不是也答应我了吗？"

林善规没有忘记自己曾经对彭怀德做出的承诺。一旦失败就杀死皇太子妃的约定，其实只是一个幌子，不这样说彭怀德不会安心去美国。

"我很清楚，您绝不会杀死皇太子妃，所以我回来了。"

"不行！"

林善规慢慢转过身挡在美惠子身前。美惠子的眼中噙满泪水，不由自主地抓住了林善规的手，温暖的体温顺着他宽厚的手掌传来。林善规迅速伸长胳膊关掉台灯。

"老师，请您让开，我必须杀死皇太子妃。"

彭怀德眼中满是仇恨，南京大屠杀的悲惨画面浮现出来。林善规闭上眼睛，透过握在一起的手能感觉到美惠子在轻轻发抖。从一开始在歌舞伎剧院劫持皇太子妃，到危急时刻她大大方方地搂着自己肩膀叫哥哥的场景，像全景画面一样从眼前掠过。

"小彭，皇太子妃代表善良的日本人。"

"我知道，我也完全清楚。但是，我没有办法，不能就这么放她回去。"

"那你打算怎么做？"

"我一定要杀了她。老师，您一定要允许我这么做。如果就这么放皇太子妃回去，我们中国人和韩国人会再次成为怯弱的代名词。老师，求求您，这次必须这么做。"

彭怀德一边近乎呐喊地哀求，一边转过身向窗外望去。警察们正透过窗户监视着室内。

所长已经举枪瞄准，只是顾忌皇太子妃没法开枪。既然彭怀德拔出了刀，就不能轻举妄动了，所长不断挪动身形以便精确瞄准对方。

彭怀德一步一步走向皇太子妃，转到她的身后，然后用锐利的刀刃对准了皇太子妃的脖子。皇太子妃紧紧握住林善规的手，林善规为了避免刺激到彭怀德，镇静地说道："小彭！不是这样，我们要把皇太子妃活着送回去，这是我们应该做的。"

"老师，请不要如此伪善地说着这么怯弱的话。不杀死日本的皇太子妃，日本人就不会知道南京大屠杀的真相，这也正是历史所期望的。"

"历史期望的？"

"是的。"

"这种想法不对，历史无法通过复仇治愈。"

"老师，我不是想实施历史的复仇，我想证明中国人不都是怯弱的，也是有血性的。我要用自己的生命和热血唤起国人的耻辱感，知耻而后勇。"

彭怀德的脸变红发烫。

"不是的，中国人和韩国人对国家和社会的热情绝对不亚于日本。中国人已经开始恢复自信，再过三十年会成为超级大国。小彭，请放弃狭隘的历史观，摆脱心里的阴影，重新开始生活。我们会有别的办法让南京大屠杀的真相流布世界，世人会永久地缅怀死难者。小彭，请放了皇太子妃吧。"

彭怀德痛苦地说："老师您也承认这一点吧，中国人和韩国人，真的十分怯弱！永远都不具备一般日本人的勇气！他们可以微笑着砍人头，进行'百人斩'竞赛。"

林善规长叹一口气，犹豫了一下，然后一脸坚决地开口说道："说到怯弱，我的血管里就流淌着怯弱的血液。"

"老师，您别这么说，您比任何人都要勇敢。"

"不是，我是舍弃了护卫王宫逃命的指挥官的后代，你不会知道有多少个晚上，我都为自己血统中的怯弱夜不能寐，我不得不离开祖国来到日本也正是这个原因。我也曾经像你一样埋怨国家任人欺凌，怨恨国人不奋起反抗，但是有人把我从那种极度绝望的深渊中拽了出来。"

"……"

"这个人就是你，彭怀德。看到你像在黑暗的大海中寻找灯塔一样拼命挥刀冲向流氓时，我感觉到中国人的血性并没有断绝，还在肉眼看不到的地方连绵不绝地传承着。看到舍弃青春年华独自一人来到日本的你，我才意识到自己怯弱的血液是成就你英雄壮举所需的陪衬。"

彭怀德轻轻摇头。

"真正的勇气并不在于杀死他人，南京大屠杀中无数善良的死难者也不会希望你杀死无辜的皇太子妃。残忍杀死无辜者是日本法西斯军人的方式，绝不是你们中国人或者我们韩国人的方式。这并非是勇气。"

彭怀德的脸上浮现苦笑，对准皇太子妃的刀尖微微颤抖。

"老师，如果说这样释放皇太子妃是您的方式，那就这么做吧。中国人也好，韩国人也罢，以后又将生活在遗忘中。老师，无论怎么说，我们都曾经在历史面前怯弱过。勇气能给人以自由，但怯弱只能带来屈服。"

话音落下的一刻，彭怀德的刀突然刺向了自己的脖子。

"不要！"

"啊！"美惠子一边惊叫，一边用双手遮住了脸。

林善规急忙抓住了彭怀德的手，但他的脖子上已经血流如注。

"小彭！"

彭怀德滑倒在地，身体瑟瑟发抖。

"老师，假如我的死能唤起世人对南京大屠杀的关注，能激起国人的血性……我百死莫辞。"

林善规的脸上交织着惊慌失措与难以置信，他跌坐到地上搂过了彭怀德，眼中的泪水止不住地落下。彭怀德的身体颤抖得很厉害，他用越来越模糊的目光凝视着林善规的眼睛。

"老师，我不知道……劫持皇太子妃……会是这种结果……"

"对不起，小彭。"

彭怀德用颤抖的手向怀中探去，艰难地掏出了一张浸满鲜血的照片，递给皇太子妃。

"虽然你的国家……从来不曾道歉，但看过这……这个，还能抵赖吗……"

美惠子握住了彭怀德伸向自己的手。最后的一刻，彭怀德艰难地积聚起所有力量，把那张照片塞到了皇太子妃的手中。

"小彭！"

林善规一边高呼，一边用力握紧他的手，眼泪滴落到彭怀德簌簌颤抖的睫毛上。

当啷！

就在这个时候，玻璃窗破碎，枪声响起。一直在窗边瞄准彭怀德的所长扣动了扳机。

"啊！"

子弹射入了彭怀德的腹部，他的身体从林善规的胳膊上滑落到地面。

"小彭！"

林善规向彭怀德侧身的同时，瞄准他的第二发子弹飞射过来。

但是，由于林善规身体倾斜，子弹射偏，没有打中他。

"不要啊！"枪声之后是美惠子的惊叫声，回荡在黑暗的夜空。所长正想重新瞄准，却看到皇太子妃挡在了劫持犯身前，吓得浑身一激灵。

"不要开枪！"

面目狰狞的所长不顾美惠子的呼喊，再一次瞄准，只要再干掉一个人，自己的任务就算出色完成了。

"不行，所长先生，太危险了，一不小心会伤到皇太子妃殿下。"

身边的巡警好言相劝，但所长还是不管不顾地瞄准了劫持犯。

知道自己已到弥留之际的彭怀德身体发抖，费力地开口说道："老师，请把……把刀对准皇太子妃的脖子，这样……他们就……不敢开……开枪了……"

然而，林善规静静地拿过彭怀德的刀，然后又轻轻地放到了地上。

所长举枪冲着门连开几枪。

当当当！

伴随着嘈杂的枪声，门把手掉了下来，所长露出满意的笑容，一脚踹开房门，然后把自动步枪换成手枪进入房间。其他巡警也跟着所长一窝蜂地冲了进来。

"快保护皇太子妃殿下！"

确认劫持犯手无寸铁后，所长得意扬扬，现在只要向剩下的一个劫持犯扣动扳机就大功告成了。

巡警们正要包围皇太子妃，所长的脸上突然发起热来。

"谋杀犯！"是皇太子妃在骂。

所长一慌神的工夫，又传来了皇太子妃的声音。

"请大家保护好这两个人！如果杀害了无法抵抗的人，无论是谁，我都不会轻易放过他！"

出现了意外情况，所长虽然很吃惊，却迅速地开动脑筋。到了现在再放弃的话不尴不尬，必须要击毙劫持犯，依照警视监的指令行事才是自己的生存之道。皇太子妃作为人质被关押了很长时间，即使不服从她的指示也情有可原。只要等到这种对立状况结束，她就不会再为劫持犯说什么了。

"保护殿下！"

巡警们瞬间围住了皇太子妃。尽管众人不知道发生了什么事情，也不知道应该听从谁的命令，但保护皇太子妃无疑是最重要的。

所长的枪口透过巡警们避开的缝隙瞄准林善规，直接扣动了扳机。

当！

林善规虽然立刻转身，但左臂已经中弹。

"嗯！"林善规闷哼一声，整个人倒在了彭怀德身上。

"老……老师……"

彭怀德在林善规身体的覆盖下离开了人世。

"不要！"

林善规的呐喊过后，又是一声枪响。

当！

"啊！"

美惠子心如刀绞，闭上双眼。这不是营救行动，而是赤裸裸的残忍杀戮。

林善规总是对自己保持着最大限度的礼貌，或者说，这不是单纯的礼貌，而是对人类最基本的爱，是一种虽然奇特但基于自己与其缘分的爱。现在警察残忍地杀害了彭怀德和林善规，这让美惠子怎能不失声痛哭。

美惠子睁开双眼，出现在眼前的场景仿佛是在梦中，倒下去的人竟然是所长。更令她惊讶的是，田中就站在面前注视着自己。

"皇太子妃殿下，我们现在才赶到，请您原谅。"

"啊……"

美惠子不由得长嘘一口气，紧张的情绪一放松下来，她立刻倒在了田中的怀中。田中小心翼翼地把她移到待命的救护人员手中，然后把目光转向林善规。林善规注视着美惠子的目光中也隐含着安心。

林善规毫不在意自己正在流血的手臂，不愿意从已经逝去的彭怀德身边离开。在重蹈覆辙的历史孽缘面前，他对自己的无能为力感到深深的绝望，就像往日曾经想否认自己是韩国人一样，彭怀德也无法承受自身那段屈辱的历史。

的确，虽然彭怀德把刀刺进了自己的脖子，但这瞄准的也许是所有曾经在历史面前怯弱过的人。林善规紧紧搂抱着彭怀德尚显温热的身体，在心灵深处做出了一个承诺。

"小彭，你的死亡是终结往日岁月中屈辱与愤懑的证据。历史终将被铭记，真相终将大白于天下。小彭，我们祈祷以后不要再有新的战争了。"

藏起435号电文的人

　　重返东宫的皇太子妃受到了天皇以下所有人的慰问，其丈夫皇太子竟然有些不知所措，因为即使抓不到劫持犯，在劫持犯提出披露历史文件的要求时，皇室却无法左右内阁，这令他深感内疚。然而，皇太子妃并没有抱怨。首相也数次俯首，皇太子妃只是平静地报以微笑。

　　但是，皇太子妃绝对没有将这个问题从心中驱散，她无法忘记朝鲜王妃的死亡悲剧。

　　尤其是彭怀德之死在皇太子妃内心掀起了巨大的波澜，政府的阴谋让她难以容忍。当这种情绪达到极端对立的程度时，皇太子妃与皇太子面对面坐在了一起。

　　"假如殿下将我视为这个国家的皇太子妃，请一定要告诉我《汉城公使馆发第435号电文》是什么内容，否则我一生都不会认为自己是这个国家的主人。"

　　"太子妃，我也很心痛，但天皇陛下对于这份电文不发一言。"

　　"我可以接受这个国家有比我的生命更重要的秘密这一事实，但我无法接受自己身为皇太子妃却不可以知晓这一秘密。"

"天皇陛下说过，这是不可挖掘的历史秘密。"

"殿下，我认为历史中最重要的就是事实，倘若事实有偏差自然需要纠正，对过去保持沉默的人没有未来。"

"嗯。"

皇太子略微迟疑，终于下定决心，斩钉截铁地说道："其实，我另外了解过。"

"……"

"非常遗憾，无法找到那份电文，只勉强了解到大约是朝鲜王妃被弑害期间时任朝鲜内部顾问官的石冢英藏的秘密报告书。"

美惠子不满于仅仅了解到文件制定者的名字。得益于自己曾在外务省工作的经历，她对追查资料自有一套方法。于是，她以石冢英藏的名字为基础，亲自指挥着所有可以调动的人员，燃烧着热情。

美惠子研究分析了记录上出现的石冢英藏的所有报告，却无法确认435号文件的存在。但是，绝不能放弃。

美惠子特别注意到石冢英藏的履历，他前往朝鲜之前是法制局的参事官，回到日本后还是在法制局工作。

看到石冢英藏履历中的法制局字样，美惠子脑中像是突然掠过了什么。

高桥教授！

田中待皇太子妃稍事休息之后，来到东宫听取被害人陈述。

"皇太子妃殿下，我再次向您表示歉意，没能尽早抓捕劫持犯……"

皇太子妃用手势示意田中不要再说下去。大致的陈述结束后，皇太子妃屏退了包括随行秘书在内的所有人，和田中相视而坐。

"田中师兄，你还当我是师妹吗？"

"当然。"

"那我们可以开诚布公地来为本案善后吗？不是警探与皇太子妃的关系，而是回到东京大学时代，像以前那样追求正义，探讨我们国家应该走的道路。"

田中点了点头。他看到皇太子妃流露出原本的气质，眼前浮现出从前的回忆。皇太子妃性格正直，最厌恶虚伪，在学术讨论中，她的细致常常通过追求真理过程中的敏锐表露无遗。

"我为林善规牧师的人格所感动。"

田中默默地点了点头。

"他的犯罪动机，不，以后我不会再说罪行或者劫持犯之类的话，因为他不是罪犯。"

田中依旧保持沉默。

"他这次毅然决定做这件事的动机就在于我们日本错误的历史教科书，田中师兄如何看待问题教科书呢？"

"……"

"师兄，拜托像从前那样聊聊好吗，我俩。"

田中从美惠子的脸上读出了对真实与正义的殷殷期待，她极度渴望真正的事实与正确。

"我认为问题很多。"

"我在被劫持期间看过新历史教科书。这本教科书中充斥着拥护战争的氛围，连慰安妇的字样都没有，这是在支持和美化日本侵略中国和韩国。难道这种充满了虚伪和贪婪的东西能够作为我们国家的教科书吗？这绝不是为我们日本着想。"

"日本国内也有很多反对的声音，知识分子们还展开了反对采用教科书运动。"

"关键是政府和舆论。"

田中默默倾听着。

"一旦发生这种事情，日本必将被全世界孤立。我想，经历过本次事件，自己绝不能这样袖手旁观。所以，我决心帮助林善规牧师。"

"什么？你说什么？"

"我要明确表示林善规和彭怀德的行为并非犯罪。"

"不行，他们明明是劫持了皇太子妃殿下，践踏我们日本皇室……"

"不是的！我没有被劫持，是我跟他们走的，我自己主动和他们待在一起。"

田中大惊失色，连忙打开门看了看周围。

"请小声点，这种话如果传出去，皇室……不，日本会举国哗然的……"

"既然我们的政府坚持这种虚伪，危害日本的未来，也许遭受谴责反倒更好。我所知道的事实，就是他们不是罪犯。"

田中的脸僵住了。皇太子妃的思想准备充分坚定，她从如今的皇室之花又回到了大学时代的美惠子。

"我会在审判中站出来做他们的证人。"

皇太子妃不惜采取极端言行，万一事情照她所说的发展，其结局让田中心惊胆战。首先，皇太子妃会被废黜；其次，无数关于劫持犯与皇太子妃关系的臆测将铺天盖地而来；最后，日本皇室的形象将遭受重创。

"美惠子，这可不行！"

田中不由自主地叫出美惠子的名字，他现在卸下了所有社会性的束缚，作为一个真实的人和美惠子面对面坐到了一起。

"我做不到置身事外不帮助他们，一个人的生命比皇室的形象更重要。师兄最后不也是这样做的吗？所以才给他们打电话，不是吗？"

"对！美惠子，你用现在这种方式帮不了他们。"

"那就只能干坐着吗？和那些戴着虚伪的面具歪曲历史的人完全一样？"

"……"

"师兄，请答应我一件事。"

"要我答应什么？"

"如果我找到了办法，请田中师兄来付诸实践，无论任何事情。"

田中正视着美惠子的眼睛，这是一种无法拒绝的正义眼神。

"好吧，我答应你。"

田中本能地意识到美惠子将要公开什么。

"你知道右翼史学界的泰斗高桥教授吗？"

"当然知道。"

"我曾经在外务省文件库里见过他。"

"然后呢？"

"这个人当时受外务省之托随意翻阅秘密文件，我对他的无礼很生气，还向课长抗议过，但是没用。我抱着试一试的心态查看了他的著述，高桥在编写《日本法制史》时参考过时任法制局长官的末松谦澄的回忆录和信件。"

"所以呢？"

"重要的是朝鲜王妃被弑害时朝鲜的内部顾问官就是这个名叫石冢英藏的人。"

"石冢英藏是谁？"

"石冢英藏，就是编写并发送了那份435号电文的人。"

"435号电文的编写者？"

"是的，这是我从皇太子那儿好不容易得来的信息，请接着听我说。"

面对田中，美惠子的热情如潮涌般高涨。

"石冢英藏去朝鲜之前是法制局参事官，这一点我确认无疑。"

"所以……原来你的意思是石冢英藏与曾任法制局长官的末松谦澄关系密切。"

"是的，还有，高桥教授是狂热的末松谦澄研究者。"

田中好像知道皇太子妃要说什么了。

"这么说，你的意思是可以在末松谦澄周围找到有关石冢英藏秘密报告书的旁证资料？"

"不是可能找到，而是已经找到了，就是通过高桥教授之手。"

"那美惠子你认为从外务省抽走石冢英藏的秘密报告书，也就是435电文的人正是高桥吗？"

"对，他曾接受外务省的委托，又是狂热的末松谦澄研究者，一定会知道作为心腹的石冢英藏发给末松谦澄的电文。"

"嗯……"

完全有这种可能。

"师兄帮帮忙吧。"

"你是说找到435号电文吗？"

"对。到了明天，联合国教科文组织就要召开最后一轮审查委员会会议了，一定要在这之前找到那份文件。"

这是看似不可能却又必须要完成的事情，一方面固然是为了美惠子，另一方面在田中看来是伸张正义之所为。侦查过程中，很多时候由于受实定法限制要站在不义而非正义的一方。然而，田中始终将法的精神视为侦查的标尺，而法的精神从根本上来讲就是正义。要用彰显正义而并非不义的胜利来为本次侦查工作画上句号，在这一点上田中的期望和责任超过了任何人。

当晚，田中和林善规单独坐在询问室中。

"你是怎么知道435号文件存在的?"

"433号和434号是参与了弑害明成皇后事件的人发送的电文，436号和437号是报告此后形势的电文。日本人不会无缘无故连明成皇后的尸体都焚烧掉，所以，我认为435号电文是对弑害现场的记录，记载了不可轻易公开的秘密。"

"你认为朝鲜政府的内部顾问官石冢英藏发给法制局长官末松谦澄的秘密报告书435号电文现在可能在何处呢?"

林善规摇摇头。

"你不认为会在日本新国史观泰斗庆应大学的高桥教授手中吗?"

林善规不明白田中此时和自己说这些话是什么意图。

"稍微休息一下吧。"

田中走出询问室，马上给侦查部长打电话。

"罪犯说要供述非常重要的事情，请您陪同警视监先生一起来询问室吧。"

"知道了，他对着其他人一声不吭，对你却全招了，你可真是我命中的贵人啊。"

侦查部长和警视监马上一起到了询问室。田中一脸亢奋，不同于刚刚的镇静表情。

"喂，现在快说435号文件在哪儿!"

林善规怔了一下，望着田中的眼睛，随即明白了他的意图。

"朝鲜政府的内部顾问官石冢英藏发给法制局长官末松谦澄的秘密报告书435号电文在庆应大学的高桥教授手中。"

"你提出公开那份文件的理由是什么？"

这之后，田中和林善规之间继续着无关痛痒的审问。警视监注视着二人的审问过程，悄悄地离开了座位。

丁零零，丁零零。

高桥教授任由铃声响了一会儿，没接电话，电话继续发出急促的信号音。老教授看了看表，皱着眉头接起了电话。此时正值深夜。

"请问是高桥教授吗？"

"是，但是……"

"我是文部科学相。"

"文部科学相这么晚有何贵干？"

高桥心生不祥的预感。

"现在要立刻转移文件，警方可能马上就到。"

"什么？警方怎么知道的？"

"我也不清楚。总之现在没有时间长谈，请尽快将文件转移到其他地方，尽快！"

"我知道了。"

高桥的动作敏捷得不像个老人。

特别晋升一级的小森和受命调入东京警视厅的近藤正依照田中的命令等候在高桥家门前。

"现在开始要打起十二分的精神。"

"是。"

出动后大约过了二十多分钟，车库门开启，高桥的车出来了，小森立刻挡在了汽车前面。高桥惊慌之余打算锁上车门，但近藤却动作神速地拉开了副驾驶的车门。

"这是搜查令，请把皮包给我。"

高桥脸色变得煞白，想钳住皮包，但又是近藤快了一步。

近藤迅速翻起皮包，从里面拿出一份文件。

"小森刑警，是这个吗?"

"小心!"

刹那之间，高桥试图撕扯近藤刚刚从信封里抽出来的一张旧纸。

"哪儿能啊!"

近藤敏捷地把纸藏到了背后。

"这招儿我知道，这是我从战争游戏里获得的经验，这些家伙总是很狡猾。"

近藤冲着放下心来的小森送上一个微笑。

美惠子从田中那里得到435号文件的复印件后，整晚辗转反侧，夜不能寐。皇太子妃的身份使美惠子极难选择，一边是自己的丈夫皇太子为代表的皇室以及支持和拥护皇室的政府，另一边则是呐喊到最后一刻死不瞑目的彭怀德。

烦闷的一夜过后，当清晨到来的时候，美惠子终于做出了决定。她盯着一直戴在手上的结婚戒指看了好一会儿，然后静静地摘下来，放进了梳妆台的抽屉里。

石冢英藏的秘密报告书

联合国教科文组织按照预定计划在东京进行最终的审查。其实，事到如今也没什么可以审查的了，无异于结论已定。应无数民众要求，之前一直非公开进行的审查将在最后一次会议时公开进行。

从审查初始阶段就表现不俗的斋藤教授置身于诸多听众面前，用充满自信的发言作为结束。

"历史分析的多样性是人类应该追求的最重要的价值之一，我们今天丝毫不怀疑联合国教科文组织将做出明智的决定。"

然而，韩国和中国的学者也不肯退让，他们在最后一次审理前夕，委托了世界知名的美国历史学者斯佩克特博士做证明人。

斯佩克特博士凭借"国家间问题也存在伦理界限"的理论享誉世界。实际上，美国政府正是以其理论为依托，来审查第三世界国家的伦理性并设定外交关系。他集中地提出了日本的慰安妇和强制征用的非伦理性问题来反驳日本新教科书的荒谬，但斋藤以三寸不烂之舌削弱了斯佩克特的气势。

"所有事情都已经结束的时候，又要回到冗长的分组讨论上吗？如有必要请重新进行说明。慰安妇，强制征用，斯佩克特博士你是一无所知吧。"

斋藤反而向斯佩克特发难。

"你这是了解当时朝鲜农村的情况后所做的发言吗？朝鲜很困难，别说一天三顿饭了，大人孩子无一例外把饿肚子当成了家常便饭。需要耕种农田却连给地主的地租都交不上，长吁短叹感慨命运的人排成串。还有许多人吃不上饭饿死了，但并不是背井离乡就能有好办法，所以大多数活下来的人就成了现在所说的这批人。当时日本刚开始发展工业，需要很多劳动力。所以，日本人去朝鲜农村，帮他们把欠地主的债全都还上，把他们带到日本，给他们零花钱，给他们买衣服穿，让他们吃上平生第一顿米饭就肉汤。这建立在自由契约之上，让他们在日本从事正当工作，也全都给了工资，当时想来日本的朝鲜人经常排着长队。"

斋藤神气十足地冲空中晃着事先准备好的工资明细单和代金券。

"慰安妇也是一样。请看这里，这是军人们给女人钱的代金券，女人们把这个攒起来换成钱后就回了故乡。看看现在全世界的美军部队吧，有美军部队的地方无论是韩国还是日本，不都有这样的女人在挣钱吗？慰安妇也是如此，并不是强行抓来的讨厌我们的人。"

"那你们对抢掠朝鲜一事作何解释？"

"你说抢掠？哈哈哈！"斋藤放声大笑。

"我们没有抢掠朝鲜，做出抢掠之举的是你们美国、英国、欧洲诸国，难道不是你们在印度和中国，乃至南美洲以及亚洲，全都不放过，不是你们抢掠了全世界吗？我们想要在列强的侵略中保护亚洲，我们日本在亚洲处于领先地位，因此我们的理念是大家把力量集合到一起，在西方列强的抢掠中保护我们亚洲的资源。"

"集合亚洲力量？那南京大屠杀又如何解释呢？"

"请您注意措辞，不是屠杀，而是战役，历史上平民在战斗中死亡的情况比比皆是。当时南京市民与中国军队合力展开了浩大的战役，在井中投毒、伪装成妓女引爆炸弹的恐怖分子也不是一两个人。请不要混淆视听，把扫荡这些人的过程中发生的战役称之为屠杀。"

"为什么要杀死明成皇后？"

"明成皇后？哦，是说那个朝鲜王妃啊。当时的朝鲜王妃拉拢列强中的俄国，除掉朝鲜王妃后集合日本与朝鲜的力量是亚洲的崇高理想。尽管十分遗憾，迫于无奈还是要除去朝鲜王妃，于是我们的志士流着泪砍杀了朝鲜王妃。"

以斯佩克特博士为首的学者对斋藤的强词狡辩义愤填膺，却苦于没有证据，缺少切实可行的方法。委员会议终于要落下帷幕了，这个时候场内突然一片喧哗。

"是皇太子妃！"

"皇太子妃来了！"

不仅是听众，联合国教科文组织的审查委员和中、日、韩三国的学者全都大吃一惊，没有人知道皇太子妃会出现在审查委员会会议上。大家都起身向皇太子妃表示敬意，皇太子妃像是对突然引发的骚乱感到歉意，低着头在随行人员的引领下快步走到座位前坐下。

此次出行除警卫员以外，田中、小森、近藤也一同随行。小森对上次歌舞伎剧院中的警卫心怀不满，眼睛不住地转动，目光四处监视。

刚刚结束发言的斋藤得意扬扬地向皇太子妃低头致敬。

韩国代表朴元淳律师简直不敢相信自己的眼睛，眼前发生的事情如同做梦一般。朴律师掏出了放在西装口袋中的纸条。

朴律师，今天皇太子妃会作为证人出席会议，她将带来能够一举摧毁日方之前逻辑的证据。希望你加油。——田中

当有人转交给自己这张纸条的时候，朴律师以为是在开玩笑，因为世界上不会发生这种事情。但是，现在重新掏出这张纸条的朴律师双手都在颤抖，一时间犹豫不决，不知道是否应该站起来申请皇太子妃作为证人，一着不慎可能会颜面尽失。

在这种韩、日两国尖锐对立的敏感事件中，日本的皇太子妃作为证人站在韩国一方，这种场面就连想一想都知道是一场闹剧。

然而，朴律师反复几次把目光投向纸条上的名字后，就像中了咒语一般突然从座位上站了起来。纸条最后落款处的田中，正是向派出所所长开枪、挽救了林善规性命的侦查负责人。朴律师决定相信田中。

"委员长先生，我申请一名新的证人。"

委员长征询过几名委员的意见后，摇了摇头站起身来。

"到目前为止，我们听取了无数证人的证言才走到今天这个地步，现在没有时间再去进行分组讨论，也没有时间再听取新的证言。我们只能对韩国代表表示歉意，希望你能撤回证人申请。"

"我现在申请的证人不是之前出面的那些证人，这位证人出面本身就是对日方主张的反证。更重要的是这位证人掌握了目前日方也无法否认的决定性证据。的确，这位证人出面本身就是不可能的事情，她将成为全球性的话题。然而，比所有这些更加重要的是，证人已经带着能够清清楚楚地证明日方教科书的虚假及侵略成性的历史证据来到了现场。"

人们认为朴律师已经使出了九牛二虎之力，纷纷报以同情的眼神。

"垂死挣扎嘛。"斋藤低声讥讽。

可是，他心底却希望委员会能够接受韩国方面的证人申请，他想在皇太子妃的注视之下击垮朴律师和他的证人。利欲熏心之下，他突然举起手站了起来。

"尊敬的委员长先生，我希望委员会可以接受韩国代表提出的最后一个证人申请。我认为委员会有义务让他们在本次申诉中不留一丝遗憾。"

委员长与委员们经过短暂的商议，点了点头。

"我们接受你的证人申请。"

朴律师从座位上站起来，他望着皇太子妃的目光中写满了紧张和不安。

"我申请美惠子皇太子妃作为证人！"

听众、日本学者、审查委员自不必说，韩国和中国的学者也纷纷质疑起自己的耳朵，几名学者凑到朴律师身边。

"朴代表，你现在正常吧？"

朴律师没有任何回答，或者应该说是无法回答，他自己也精神恍惚，只能把目光投向皇太子妃。原本认为覆水难收的韩国和中国学者全都凝视着皇太子妃。

只见随行秘书从座位上站了起来，接着，睿智的皇太子妃静静地跟随其走去，这一刻所有人又一次打了个哆嗦。

"请振作精神，朴律师，尽快到询问席上来。"

皇太子妃已经低头不语地坐在了证人席中。尽管对眼前发生的情况感到匪夷所思，朴律师还是站到了询问席上整了整衣装。

"我将省略敬称，美惠子女士。现在这个位置是因韩国政府向联合国教科文组织提出申诉，要求审查由日本'新历史教科书编撰会'执笔的历史教科书而设置的，您知道这一点吗？"

"是的，我很清楚。"皇太子妃回答得很明确。

"现在美惠子女士您是作为韩国一方的证人，对吗？"

"对。"

简短而有力的回答。

"那请开始陈述您的证言。"

朴律师的心脏扑通扑通狂跳，在座的所有人也全都屏息凝气，眼睛耳朵全瞄准了皇太子妃的双唇。

皇太子妃展示了随行秘书递过来的旧文件。田中、小森、近藤站在她的身旁警惕地注意着四周情况，这么做自然是为了保护文件。

皇太子妃轻嘘一口气让狂跳的心脏平静下来，用细弱却坚定的声音一个字一个字说道："这份文件是曾任法制局参事官的石冢英藏，同时也是当时的朝鲜政府内部顾问官，目睹了日本浪人弑害朝鲜的明成皇后一幕后，从汉城公使馆发给时任法制局长官的末松谦澄的电文。"

皇太子妃环视了一圈鸦雀无声的会场，平静地念起了这份文件。

末松长官先生，写下这些真的很难受，但我还是想向您汇报在乾清宫玉壶楼弑害朝鲜王妃的过程中发生的事情。朝鲜王妃被强行扒掉上衣，清晰地露出胸部，然后被揪住辫子摔倒在地。一名浪人用力地踩住并践踏朝鲜王妃的胸部，另一名浪人用刀在朝鲜王妃的身上刺出了两三处伤口。之后事情就开始了。浪人们将朝鲜最高贵的女人置于面前时突然一片肃然，但随即浪人们就将朝鲜王妃彻底扒光。一个浪人把手指放到了……赤裸的王妃的阴部，最后……在被猥亵的朝鲜王妃面前，浪人们高呼大日本万岁。

皇太子妃的声音颤抖，她强忍住眼泪，用尽全身力气读完最后一句话，接着哽咽起来。不啻晴天霹雳，场内霎时乱成一团。联合国教科文组织的审查委员们在如此重要的事实面前说不出话来。

但是，皇太子妃努力控制住了泪水。

"这并不是全部。"

皇太子妃饱含泪水的嗓音又透过麦克风传来，场内瞬时成为连呼吸声都不可闻的一片死寂。

"请看这张照片。"

皇太子妃手中拿的照片正是彭怀德临死之前用颤抖的手最后递给她的那张照片。

"看到这张照片的同时，我只能为自己身为日本人而不停叹息，泪如雨下，痛不欲生。"

美惠子手中的照片上是包括儿童和老人在内的百余名村民横竖排列整齐死亡的画面，极其古怪，儿童和儿童在一起，年轻人和年轻人在一起，老人和老人在一起，妇女和妇女在一起排成队，或坐或卧排列整齐赴死。

"南京宝塔桥屠杀的故事就从这里开始。"

这一次皇太子妃掏出了一份旧报纸，正是林善规在山庄里让她看过的那份报纸。

"请看看这篇报道的标题，《百人斩超记录》。当我弄明白这到底是什么意思后十分震惊，原来是我们日本军队中的两名军官在竞赛中分别斩杀的中国人数量是105:106，没有分出胜负，所以要进入加时赛。然而，在一队日本军人进入宝塔桥前夕，约翰·马吉牧师正好告诉了村民有关这一加时赛的报道。看到日本军人也要在这个村子进行加时赛，约翰·马吉牧师惊吓之余大喊'OVER TIME'，村民们明白了他的意思后一边哭喊一边全部集中到一个地方。他们下定决心，与其在杀人竞赛中被当做草芥一般斩首，倒不如全体自杀。请看这张照片，这个村子的人不愿目睹家人的最后一刻，就按照年龄顺序集合在一起来迎接最后的瞬间。约翰·马吉牧师不忍阻拦他们，因为他自己也认为死亡反而要比生存好一些。其中有一个孩子因为脖子勒得松了一些活了下来，约翰·马吉背着他逃出来，但这个孩子一生却只会大喊'OVER TIME'这一个词直至在精神病院中逝去。"

朴律师勉强支撑住瑟瑟发抖的双腿，走向皇太子妃所在的证人席，他要去确认电文和报纸。他简直不敢相信世界上会存在这样的文件，但文件中清楚地写明了文件编写者的名字——朝鲜政府内部顾问官石冢英藏。新闻报道的下端清晰地印着《东京日日新闻》的字样。

刚刚还人声鼎沸的场内突然鸦雀无声，因为皇太子妃又握住了麦克风。皇太子妃没有擦拭满是泪痕的脸庞，哽咽着继续说道："我比任何人都要热爱我们的日本，我为自己是日本公民感到自豪，不单单我自己是这样，对我们所有人来说，日本就是信仰，是希望，是未来。然而，作为我们信仰的日本却曾经犯下此等滔天大罪。请看出现在这篇报道中的字眼，无论怎样辩白，以杀人为娱乐游戏，并冠以'比赛'，抑或是'惊人的纪录'和'加时赛'，难道这还不能证明南京大屠杀是真实存在的吗？经过调查，不仅是《东京日日新闻》，《朝日新闻》也曾竞相实时报道此事。总之，所有的日本人都乐于欣赏这种杀人比赛。

"我想到了应该做的事情，就是纠正我们的历史。这不单是一本教科书的问题，事关日本未来的前途。如果我们刻意掩盖历史真相，在这种虚伪的基础上，任何繁荣都不过是罪恶的产物。假如我们接受了这本歪曲历史的教科书，日本将沦为世界上没有存在价值的国家。借此机会，我要向含恨离世的明成皇后和中国人民真诚道歉，并发誓要用一生的善行来抚慰他们的心灵。一直以来，我们带给邻居的都只是伤害与痛苦，我希望睦邻友好，永不再发生战争和屠杀。尊敬的联合国教科文组织各位委员，请将这本教科书判定为不良教科书，并强力规劝日本政府废除这本教科书或者勒令全面修正，这才是真正为我们日本的未来着想。"

皇太子妃话音刚落，旁听席上的人们纷纷站起身来，接着，各处开始响起掌声，有的人还流下了眼泪。最后，全场掌声雷动。

掌声说明，大多数日本人由于歪曲的历史而对中国和韩国抱有偏见，只要他们能够准确地把握真相，就绝对不会接受歪曲真相的历史。

韩国和中国的学者起立鼓掌，这掌声是送给美惠子的，也是送给善良的日本民众的。这是毫不吝惜的友爱掌声。

"美国政府无视中、日、韩三国的历史，只选择日本，这种战略是一种罪恶，我们必须纠正美国政府的错误。"

斯佩克特博士等美国学者也握紧了拳头。

历史长河不会停息

联合国教科文组织的最后一轮审查就这样遭到逆转。

次日首相悄悄找来了检察总长："你如何考虑皇太子妃劫持案？"

"您是说……"

"就是问你要不要起诉？"

"当然要起诉，明显违反了现行法律，可以以劫持、胁迫等几项罪名起诉。"

"真是的，你没明白我的话。"

"您的意思是……"

"起诉的话是不是要审判？"

"对，会的。"

"那劫持犯就会自豪地宣扬，自己是为了纠正歪曲真相的历史教科书不得已才犯罪的。"

"罪犯当然会在审判中这样陈述。"

"你既然知道还要起诉？本来就已经备受世界瞩目了，如果让全世界都知道日本军人曾在南京举办杀人砍头比赛，报纸会跟着实时报道；还有日本人犯下了凌辱杀害朝鲜国母的恶行，那不就真成海外的热点话题了吗？"

"……"

"何况审判一旦开始，皇太子妃殿下会置身事外吗？"

"这又是什么……"

"万一皇太子妃殿下站出来充当罪犯那边的证人怎么办？如果提出主张是因为日本罪孽太过深重，所以自愿和犯人在一起，局面会成什么样子？"

"难道法官会在判词中采纳这种主张吗？"

"你真是气死我了。现在如何判决什么的根本不重要，审判过程中暴露出来的东西才是关键啊。那样的话，怕是全世界的舆论都要站出来谴责我们日本了。当然应该提起公诉，起诉也得考虑到国家的实际情况再进行啊。无条件起诉的话成了世界级笑料怎么办？那尖阁诸岛（中国钓鱼岛）和竹岛（韩国独岛）是我国领土的主张不也就化为乌有了吗？"

"对不起，我没有想到这一层。"

"还有个问题，《东京日日新闻》的报道公开后，我国国民的舆论也一下子转了风向，真要审判的话，要求释放罪犯的声音可能会铺天盖地。所以，我们要想出个好办法才行。"

检察总长犹豫了一会儿，欲言又止地开口说道："但是……"

首相马上接着说下去："总长你还不理解我的话吗？这起案件的唯一证人就是皇太子妃殿下。罪犯中一人已经死亡，所以不是什么办法都可以用的。要想悄无声息地了结本案，就要想方设法做好放人并驱逐回韩国的准备才行啊。"

直到此时，总长才开始点头："我明白了。"

总长弓着腰走出了办公室。

然后，首相拨通了电话："皇太子殿下，我已经吩咐过检察总长，应该能找到合适的方法。"

"谢谢，这样就可以答应皇太子妃的恳求了。"

几天后林善规获释。在这一过程中，受害当事人皇太子妃提出了妥善处理要求，发挥了很大作用；而林善规本人滞留日本二十年间救助过很多村民，在当地居民心目中积累了很高的威望；警方陈述中提到的他在现场并无伤害皇太子妃的言行，检方表示出于大局考虑放弃公诉。

获释后的林善规被秘密带上飞机。他坐在飞往中国的航班上，手中捧着彭怀德的骨灰和皇太子妃的随行秘书转交的一封信。

当飞机跨越东海进入中国上空时，林善规掏出了信，信封上写着"致林善规和天堂里的小彭"。

与林善规和彭怀德两位先生相识一场，是让我得以重新认识历史的宝贵时光。

写下这封信的此时此刻，我的身旁放着一杯清茶，茶叶采自皇宫庭院一隅的茶树上。我非常喜欢茶，对我来说，一杯清澈透明、芬芳四溢的茶放在面前，是无比幸福惬意的一刻。应当说很多日本人都很尊重茶道。我第一次知道，茶道是由中国及韩国传入日本的时候非常吃惊。茶道源自中韩两国静寂的禅寺，为此，我对这两个国家更平添了一份好感。

非常惭愧，我曾经并不清楚中韩与日本之间实际存在的痛苦历史，也没有坚持去了解。是二位给我提供了一个契机，让我去认真思考日本这个国家和国民，以及日本与两国源远流长的苦难历史。不眠之夜过后，我仔细考虑了究竟什么是对的，我现在又应该做什么。

1895 年 10 月 8 日凌晨，在朝鲜的景福宫深处，朝鲜国母经历了无法想象的可怕事情。即使到了今天，一想起此事心还是会刺痛。那一刻，她该有多么悲惨，目睹了这一凄惨场面的朝鲜人内心会怎样？我实在不敢想，心脏到现在还颤抖不已。对不起，真的对不起。日本军人在中国南京实施了惨绝人寰的大屠杀，血淋淋的场面让我无法入眠，怎么可能发生这种事情……

　　第一次接触到这种想一想都会内心崩溃的真正可怕的悲剧时，我根本不愿意相信。没想到我们的政府至今都在隐瞒和歪曲历史真相，所以就连随意仰望天空都会感到内心的不安。

　　我想起了一句话，"谁对过去闭上眼睛，就是对未来视而不见。"我深知历史不能掩盖隐瞒，也清楚对历史真相感到羞愧并不可耻，如果否认历史真相，国家将不会有前途。

　　朝鲜的明成皇后和身为日本皇太子妃的我，并非同时代的人物，但我从她的身上看到了自己的影子。当我得知她直到最后一刻还挂念着王世子的安危时，心痛无以复加。我的耳边至今都在幻听，仿佛能听到惨遭禽兽军人强行蹂躏的数万南京女性死去时的痛苦哀鸣。

　　《汉城公使馆发第 435 号电文》和《东京日日新闻》的报道是流逝历史中的冰冷记录。它们历经漫长岁月深深埋葬，现在因你们的执着被世人重新提起并予以关注，终于不再是过去，成为今日鲜活的历史。

　　有生之年我绝不会忘记这些真相。虽然右翼团体今天还在歪曲历史的真相，但以大江健三郎为代表的日本诸多知识分子和市民正计划发表声明，称将不会无视这种"可怕的"犯罪。我深深期盼二位可以据此了解到，我们大多数日本人都不会认可歪曲真相的历史教科书。

横亘于日本、中国以及韩国之间的历史长河曾经不再流淌，停滞了太久太久。现在我向二位做出承诺，身为日本的皇太子妃，我将竭尽全力奉献自己的一生，为停滞不前、日渐干涸的历史河道注入友谊之水，让清澈的河水能够畅流不息。

待到历史的河流冲刷掉谎言与隐瞒的面具、涓涓流淌的那一日，我们将共同举办一场安抚南京三十万死难者与明成皇后灵魂的安魂祭，日本、中国、韩国也将重归于好，彼此交流灿烂的文化！

谨向让我看清历史真相的二位，特别是天堂里的小彭致以真诚的慰问。

美惠子　敬上

〈完〉

后记

这是我的战争

《皇太子妃劫持事件》出版已有十三年，当年我曾经在序言中写下夙愿，最希望日本人能够读到这本书，令人高兴的是NHK也已决定将本书用作韩国语教材。然而，短暂的欢欣过后，前任森首相斥责NHK是否精神异常，最终以NHK放弃本书告终。

于是，出现了一家出版社在翻译完成后，却不能出版的无奈之举。当时我看到这种情形，预感到日本终将回到老路上。

十三年后的今天。

不仅仅是初高中生，日本政府连小学生也要教授独岛是日本领土。接受这种教育长大的日本年轻人看到郁陵岛与独岛之间描画的粗重红色国境线，会对韩国感到强烈愤慨。

我们对此作何反应呢？

政府认为独岛自古即为韩国领土，不必回应。政府的这种主张多少显得有些不负责，一着不慎很有可能给人留下蛮不讲理的印象。独岛为什么是韩国领土？即独岛为什么不是日本领土？我们需要梳理出一套坚定而又简洁的逻辑，以便促使民众对此产生共鸣。

日本议会图书馆宪政资料室伊藤伯爵文库一侧摆放着厚厚的文件，名为《石冢英藏报告书》。

"虽然极大地背叛了三浦公使……"这份以此作为开场白的文件最大的价值莫过于如实记录了王妃遇害的一刻。

浪人们深入内室把王妃拖了出来，用刀刺了两三处伤口，扒光其衣服进行局部检查。真是又可气又可笑。最后浇上油火烧了之，这一过程过于残忍，简直无法书写。据说宫内大臣也被以残忍的手段杀害。

现在，日本正欲将独岛问题提交国际司法裁判所。也就是说，日方牵强附会地辩称独岛是领土争议地区，属于国际法问题。

然而，从1895年杀害明成皇后，到十年后的1905年抢夺独岛，再到五年后的1910年吞并朝鲜，这一系列的史上三大事件却证实了独岛并非领土问题，而是不折不扣的历史问题。

为了明确这一点，现在应该调查凌辱杀害明成皇后事件，更重要的是要将他们惨无人道的暴行告知日本国民。

普通的日本人了解到这一悲惨事实后会反省道歉，关键在于日本政府彻底掩盖了这些历史真相，国民完全不了解过去的历史，在独岛问题上也就随声附和。

我们还应该通过这一调查向全世界宣告，在独岛问题上偏袒日本正是拥护帝国主义侵略的反历史反人伦行为！

基于以上原因，我重写了这部小说。希望首

先是与韩国读者交流，其次是面向中国读者，再次是面对以美国为代表的全球读者，最后务必要让日本国民读到这本书。

2014 年 1 月
金辰明于堤川

（京权）图字：01-2014-3883

황태자비 납치사건（The Crown Princess，Kidnapped）
Copyright © 2014 by Kim Jin Myung
All rights reserved.
Simple Chinese Copyright © 2015 by THE WRITERS PUBLISHING HOUSE
Simple Chinese Copyright language edition arranged with SAEUM
PUBLISHING COMPANY
through Eric Yang Agency Inc.

图书在版编目（CIP）数据

皇太子妃劫持事件 / ［韩］金辰明著；韩美玲译. —— 北京：
作家出版社，2015.1

ISBN 978-7-5063-7671-6

Ⅰ. ①皇… Ⅱ. ①金… ②韩… Ⅲ. ①长篇小说 – 韩国 – 现代
Ⅳ. ①I312.645

中国版本图书馆CIP数据核字（2014）第257456号

皇太子妃劫持事件

作　　者：［韩］金辰明
译　　者：韩美玲
责任编辑：韩　星　王宝生
装帧设计：刘红刚
版式设计：苗　苗
出版发行：作家出版社
社　　址：北京农展馆南里10号　　邮　　编：100125
电话传真：86-10-65930756（出版发行部）
　　　　　　86-10-65004079（总编室）
　　　　　　86-10-65015116（邮购部）
E-mail:zuojia@zuojia.net.cn
http://www.haozuojia.com（作家在线）
印　　刷：三河市紫恒印装有限公司
成品尺寸：145×210
字　　数：210千
印　　张：9.5
版　　次：2015年1月第1版
印　　次：2015年1月第1次印刷
**ISBN　**978-7-5063-7671-6
定　　价：28.00元